ABRACADABRA

Steve Charney
Ilustraciones de Blanche Sims

ABRACADABRA

Magia para niños

50 divertidos
trucos mágicos

ONIRO

Título original: *Hocus Jokus*
Publicado en inglés por Meadowbrook Press

Traducción de Elena Barrutia

Diseño de cubierta: Valerio Viano

Ilustración de cubierta e interiores: Blanche Sims

Distribución exclusiva:
Ediciones Paidós Ibérica, S.A.
Mariano Cubí 92 – 08021 Barcelona – España
Editorial Paidós, S.A.I.C.F.
Defensa 599 – 1065 Buenos Aires – Argentina
Editorial Paidós Mexicana, S.A.
Rubén Darío 118, col. Moderna – 03510 México D.F. – México

© 2004 exclusivo de todas las ediciones en lengua española:
    Ediciones Oniro, S.A.
    Muntaner 261, 3.º 2.ª – 08021 Barcelona – España
    (oniro@edicionesoniro.com – www.edicionesoniro.com)

ISBN: 84-9754-111-1
Depósito legal: B-13.901-2004

Impreso en Hurope, S.L.
Lima, 3 bis – 08030 Barcelona

Impreso en España – *Printed in Spain*

Dedicatoria

Para Hank Neimark, que sabe lo que significa ser un chiflado.

Agradecimientos

Voy a ser breve en esto, porque de todas formas nadie lee los agradecimientos, excepto la gente que quiere ver si han incluido su nombre o cree que puede conocer a alguno de los agradecidos. También es probable que haya gente que hojee rápidamente esta página para buscar nombres famosos o divertidos, como Marvin T. Finklebone, quien, por cierto, no aparece aquí. Sólo es un ejemplo de alguien a quien podría haber mencionado si existiera —cosa que dudo—, pero nunca se sabe.

Acabo de prometer que sería breve y ya me estoy enrollando. Será mejor que me deje de preámbulos y comience con los agradecimientos para que no cierres el libro antes de empezar a leerlo. Así pues, allá vamos.

Lo siento mucho. Espero que no estés enfadado; sólo quería aclarar las cosas. ¿Aceptas mis disculpas? ¿Pero cómo iba a saberlo si no estoy ahí contigo? Puedo haber escrito esto hace meses, incluso años. Durante ese tiempo me podría haber muerto. Y aunque no fuera así, ¿cómo ibas a decírmelo? Supongo que podrías mandarme una carta o un e-mail, pero eso implica un gran esfuerzo. Piensa en ello. Sólo espero que aceptes mis disculpas y que todos podamos seguir con lo nuestro.

¿Dónde estaba? Ah, sí, en los agradecimientos. Supongo que debería ir al grano. Te aseguro que pretendía ser breve, pero no sé qué me ha pasado. Allá vamos. Me gustaría dar las gracias a:

Elise Glenne, que ha aprendido el arte de aguantarme durante todos estos años. Bien hecho.

David Charney, mi padre, de quien heredé todos mis genes cómicos, por lo cual le estoy agradecido. Casualmente también es un padre estupendo.

Claire Ackerman, mi madre, que me permitió practicar mis trucos con ella cuando tenía seis años. Tiene tanta paciencia como el santo Job.

Ken Charney, mi hermano, que se lo suele pasar aún mejor que yo.

Bruce Lansky y Christine Zuchora-Walske, mis editores, que me ayudaron en este proyecto. Además, si les hago la pelota puede que me publiquen otro libro.

Hank Neimark, que me permitió sacar un montón de ideas de su cabeza y lanzarlas a sitios donde no pensaba que irían, por ejemplo debajo del sofá.

Richard Fusco, al que prometí incluir porque me prestó un libro.

Todos los cómicos y magos que me han precedido e inspirado en este trabajo.

Hyram Toggwaddle, Lotta Love, Major Cloudy Spoon, Ima y Ura Hogg, Tackaberry Kumquat, Miranda Pickleface, Primrose Gook, Negative Dimtwit Smith, Pinkey Winkey Foonswoggle, Newton Tooten, James Icenubble, Delicious Berry, Lou Pew, Humperdink Fangboner, Gaston J. Feeblebunny, Burpy Knickknack, Cigar Butts, Lavender Yum-Yum Goldstein, Sistine Chapel McDougal, Toto, Shuman the Human, Hogjaw Twaddle y Lavender Hankey por tener unos nombres tan originales.

Y a ti, querido lector, por tener tanta paciencia y fe en mí como para leer todos estos agradecimientos.

Índice

Introducción

Acerca de este libro

Tienes en tus manos *Abracadabra*, el mejor libro del mundo para niños —y quizá el único— para aprender a ser un mago divertido. Por lo tanto, tengo que suponer que eres un niño. Mírate... si no abultas nada. Y seguro que eres demasiado joven para saber quién es Harry Houdini, ¿a que sí?

Vale, puede que sepas quién es Houdini. Pero ¿qué hay de David Copperfield?

Ah, que también le conoces.

¿Y Melvin Fenstermacher?

¡Ajá! Ahí te he pillado. En realidad Melvin no era un mago; conducía la furgoneta de la leche por mi barrio cuando yo era pequeño. Pero el hecho de que me acuerde de las furgonetas de la leche no dice nada de mi edad, ni de la tuya.

Así que quieres aprender a hacer magia, ¿eh? Y para eso has recurrido a uno de los magos más grandes de la historia.

Es una lástima que no estuviera disponible.

Y en lugar de eso has decidido comprar un libro. Por ahí hay muchos libros de magia que suelen profundizar en técnicas como el escamoteo, los pases, las barajadas falsas, las caídas francesas y las caídas libres.

(Lo siento; ha sido un chiste malo.) Puede que en algún momento te interese leer esos libros, pero yo creo que lo más inteligente es comenzar con el mío.

Al igual que he supuesto que eres un niño, voy a suponer que no sabes casi nada sobre magia. He aquí un secreto que no les gusta revelar a los magos: No es necesario que sepas mucho para hacer magia. Hay miles de trucos para los que no hace falta tener una gran habilidad.

Sin embargo, para que un truco resulte entretenido hace falta práctica. *Abracadabra* es el único libro de magia que te enseñará a hacer eso. En el mundo de la magia el auténtico truco consiste en ser entretenido. Algunos magos, como Lance Burton (y quizá tu tío Schloimy), entretienen al público con su encanto personal. Otros, como David Copperfield, son de lo más misteriosos. Y luego estoy yo, que sólo soy un chiflado. Por eso mi especialidad es la magia divertida. (En el gremio se suele denominar «magia cómica».)

Con este libro aprenderás a ser divertido, ridículo, estrafalario, desagradable, lo que sea necesario para mantener la atención del público. Hacer un truco mágico es como contar un chiste. Lo más importante es que no resulte aburrido. No insistiré en ello lo suficiente. (Podría hacerlo, pero entonces resultaría aburrido.)

Ya he dicho que hay miles de trucos para los que no hace falta tener una gran habilidad. Bueno, también hay miles de trucos que no se pueden realizar sin artilugios como dedos falsos, barajas recortadas, bolas y cubiletes, anillos chinos y anillos japoneses. (Vaya, otro chiste malo.) Estos artilugios los puedes encontrar en tiendas de magia o hacerlos tú mismo. Te recomiendo que algún día vayas a una tienda de productos mágicos —son unos lugares maravillosos, de los que hablaré más en la página 132—, pero en este libro he decidido prescindir de los trucos que exigen artilugios especiales. Recuerdo que cuando estaba aprendiendo a hacer magia era frustrante no poder realizar un truco después de leer cómo se hacía.

En vez de eso te enseñaré a hacer trucos sencillos que dejan a la gente asombrada sin grandes complicaciones. Pero antes de continuar debes prometer...

La promesa del mago

No reveles nunca tus secretos

No puedo ser más claro en este punto. (Vale, sí que podría serlo, pero me has comprendido perfectamente.) Hay cuatro buenas razones para no contar cómo haces los trucos:

1. Si le dices a alguien cómo se hace un truco no podrás volver a realizarlo si está cerca esa persona. Vivirás con el continuo temor de que te descubra.

2. Aunque la gente te asegure que su vida depende de ello, cuando les cuentas tus secretos siempre se quedan decepcionados. Los trucos mágicos sorprenden a la gente que no sabe hacerlos. Pero cuando lo averiguan les parecen ridículos. Si revelas a los demás tus secretos dejarán de creer que eres un gran mago; se darán cuenta de que eres un cafre como ellos.

3. Si dices cómo se hace un truco, además de arruinar tu espectáculo arruinarás a otros magos. Para ti la magia es simplemente una afición, pero para muchos es un medio de vida. Si cuentas todos los secretos condenarás a los magos profesionales a vivir en la pobreza. David Copperfield tendrá que dedicarse a lavar platos. Penn y Teller acabarán limpiando retretes, y todo por ser un bocazas.

4. Si otros magos se enteran de que vas por ahí contando secretos te darán una paliza. Sólo era una broma. Pero puede que intenten partirte en dos. Vale, era otra broma. Te harán  desaparecer. Muy bien, puede que tampoco hagan eso. Pero se enfadarán mucho contigo, y esto lo digo en serio.

Si eres un niño inteligente puede que estés pensando: «¡Eh, Charney, espera un momento. Tú estás contando secretos en este libro!».

Tienes razón. Pero yo estoy contando secretos a futuros magos, no a gente curiosa. Eso está permitido. Si cuentas un secreto a alguien que quiere hacer truco, no sólo saber cómo lo has hecho, no pasa nada. *Capisce?* (Que quiere decir «¿Entiendes?» en italiano.)

Repite conmigo: «Prometo no revelar nunca mis secretos mágicos a nadie que no sea un mago».

Ahora que has hecho esa promesa eres oficialmente un mago, y puedo contarte mis secretos. Pasa la página para entrar en el mundo secreto de la magia más divertida...

Capítulo uno
Cómo hacer que la magia sea divertida

¡Espera!

Antes de seguir leyendo deberías saber algo: No es necesario que leas los capítulos de este libro en orden. Sí, cada capítulo se basa en el anterior, pero no quisiera aburrirte. Es tu libro y puedes leerlo como te plazca. Léelo al revés. Lee una página sí y otra no. Lee sólo los verbos. Lee el libro entero hacia atrás. Haz lo que te venga en gana.

Sin embargo te sugiero que sigas leyendo este capítulo; yo creo que te gustará. Pero si te cansas de los personajes, el estilo y todo eso pasa al capítulo 4 y aprende un par de trucos de cartas. Luego vuelve aquí para leer algo más sobre la magia divertida. ¿Que te aburres de nuevo? Echa un vistazo a los chistes y las frases divertidas del capítulo 3. O vete al final del libro y lee la bibliografía. (No creo que te interese mucho, pero si quieres puedes hacerlo.) Después vuelve aquí otra vez.

Es sólo una sugerencia, por supuesto. Lo más probable es que mi libro te parezca tan fascinante y divertido que lo leas de principio a fin de un tirón.

Bueno, hagas lo que hagas, asegúrate de que te diviertes haciéndolo. No quiero que la gente diga que te caíste de aburrimiento leyendo mi libro, que te diste un golpe en la cabeza, que te tuvieron que llevar al hospital y que tus padres van a demandarme.

Personaje

«¿Cómo? —te preguntarás—. Sólo soy un niño, Charney. No sé qué quiere decir eso.»

¿Qué es?

He aquí un sencillo ejemplo que te ayudará a comprenderlo: ¿De qué te disfrazaste el pasado Halloween? ¿De fantasma? ¿De bruja? ¿De colinabo gigante? Eso que pretendías ser era tu personaje.

Supongamos que ibas de bruja. Cada vez que te reías con tono malvado o fingías que volabas sobre una escoba estabas metido en tu personaje. Y cada vez que pedías a un amigo que te cambiara una chocolatina te salías del personaje.

Estar metido en un personaje significa que si eres una bruja actúas brujerilmente; si eres un fantasma actúas fantasmagóricamente; y si eres un colinabo actúas colinábicamente. (No te preocupes; a mí tampoco me suena bien.)

En todas las película y obras de teatro hay actores que están metidos en su personaje. A veces los actores estudian sus personajes durante meses antes de representarlos.

Fíjate en Blancanieves y los siete enanitos. Cada uno de ellos tiene un personaje del cual toma su nombre. Gruñón sólo gruñe. Dormilón sólo duerme. Dormilón no gruñe. Gruñón no se duerme. Y Doc no... Espera un poco...

¿De dónde ha salido ése?

El personaje de David Copperfield es misterioso y seductor. De vez en cuando esboza una pequeña sonrisa con la que dice: «Todo esto es en broma; no os lo toméis muy en serio». No se hurga la nariz ni se huele el sobaco en mitad de un truco. Si lo hiciera se saldría de su personaje y la gente se distraería.

Ahora ya sabes lo que significa la palabra *personaje* para un mago:

Un personaje es la única persona (o verdura gigante) que un mago pretende ser mientras actúa.

Tu personaje

Ya tienes muchos personajes dentro de ti. Si al levantarte por las mañanas sueles gruñir estás representando un personaje. (Y actuando como uno de los siete enanitos.) Cuando torturas a tu hermano o a tu hermana representas otro personaje. (A ése vamos a llamarlo Chinchón.) Y cuando llevas las zapatillas a papá o mamá te conviertes en... un perro.

Busca una parte de ti con la que te sientas cómodo y que sea interesante para los demás. Muestra esa parte de ti cuando actúes; no la parte que refunfuña y se sorbe los mocos. Puede que el personaje que elijas sea simplemente una parte de ti extrovertida y agradable. Para muchos magos eso es suficiente.

Si prefieres ser otra persona o quieres presentar a un personaje más exótico puedes hacerlo. Por ejemplo podrías actuar con el personaje que adoptaste en Halloween. ¡Un hechicero! ¡Un fantasma! ¡Un zapato gigante! Igualmente, puedes inventar un nuevo personaje. O disfrazarte como una persona interesante que conozcas. Los cómicos suelen hacer eso. Se acuerdan de alguien que les parece gracioso, se visten como esa persona, exageran sus gestos y *—voilà!—* tenemos a Eddie Murphy representando un papel basado en su abuela en *El profesor chiflado* o a Jim Carrey haciendo de majareta en *Dos tontos muy tontos*. Si quieres puedes ir a una tienda de disfraces para ver si encuentras algo económico que le vaya a tu personaje.

Éstos son algunos de los personajes que suelen utilizar los magos:

- **Misterioso:** Un mago misterioso actúa como si su representación fuera realmente mágica. El público se siente como si presenciara a un mago de verdad. Los magos misteriosos suelen trabajar con fuego y luces espectaculares.

- **Simpático:** Los magos simpáticos son amables, ingeniosos y siempre parecen estar de buen humor. Quieren que el público los admire (y también que los envidie un poco).

- **Torpe:** Los magos torpes fingen que les salen mal los trucos pero siempre acaban haciéndolos bien con un toque divertido. Por ejemplo, un mago torpe puede decir que va a sacar un conejo de un sombrero, pero va y lo que sale es un plátano pachucho. Este tipo de magos suelen llevar ropa extraña. Los magos payasos son normalmente torpes.

- **Gracioso:** Los magos graciosos actúan como si su espectáculo fuera una broma. No fingen estar haciendo magia real. Para un mago gracioso, hacer reír a la gente es tan importante como sorprenderla con sus trucos. Yo por ejemplo soy un mago gracioso, y en *Abracadabra* hago hincapié en este tipo de magia.

No te limites a estos cuatro personajes. Los buenos magos crean otros nuevos añadiendo toques personales a los tradicionales o inventando los suyos propios.

Naturalmente, también puedes utilizar más de un personaje en tu espectáculo. Yo

suelo hacerlo. Me pongo unas orejas grandes, un gorro con semillas de maíz y un buzo y soy el granjero Brown.
Luego me coloco un parche en el ojo y un pañuelo rojo, cambio de voz (¿Qué hay, amigos?) y soy un pirata.
En una sola función he hecho de rastafari, de mujer, de palurdo y de gurú.

En cualquier caso, recuerda que un buen personaje debe ser fácil de reconocer. Actuar como un payaso torpe, un hechicero misterioso e incluso un chiflado desagradable puede estar bien. Pero actuar como un personaje que aparece de vez en cuando en unos dibujos animados que ves antes de que los demás se levanten no es una buena idea. Nadie sabrá quién pretendes ser.

Crear un personaje lleva tiempo. He aquí algunos consejos que te ayudarán en ese proceso:

✤ Ten paciencia. (Eso me recuerda un chiste: Un tipo entra en la consulta del médico y dice: «Doctor, doctor, me estoy encogiendo». Y el médico le responde: «Tenga un poco de paciencia».) Cuanto más representes un personaje más ideas se te ocurrirán para él.

✤ Adáptate al personaje. Piensa en frases que puedas repetir en cada función que te ayuden a sentirte cómodo con ese personaje. (Como *¿Qué hay, amigos?*)

✤ Relájate. Si estás tranquilo y te diviertes te resultará mucho más fácil mantener el personaje. Y si tú te diviertes es muy probable que el público también se divierta.

Estilo

Ahora hablaremos del estilo. (Bueno, hablaré yo; tú te limitarás a leer.) ¿Cuál es la diferencia entre el personaje y el estilo?

Vamos a fijarnos de nuevo en los siete enanitos. Mocoso siempre está estornudando. Ése es su personaje. Pero la manera como estornuda es su estilo. ¿Se tapa la boca con la mano e intenta contener los estornudos? ¿O estornuda con todas sus fuerzas? Eso depende de su estilo.

El personaje de David Copperfield es simpático y misterioso, pero su estilo es el modo en que seduce al público y se pasea por el escenario.

Ya sabes también lo que significa la palabra *estilo*:

El estilo es cómo se comporta un personaje.

Cuanto más representes un personaje antes desarrollarás tu estilo. Supongamos que te eligen para una función de *Blancanieves* en la que debes hacer el papel de Bufón. Al ensayar ese papel te plantearás por qué Bufón está siempre contento y si sonríe de verdad o con afectación. Pensarás si su sonrisa es auténtica o simplemente un modo de ocultar su miedo a las princesas. Y decidirás si le da a Blancanieves una flor o le estampa una tarta en la cara.

Cuanto más te metas en el papel de Bufón más natural te parecerá su estilo. Descubrirás lo que debe decir y hacer su personaje y lo que no resulta oportuno.

Teatralidad

Además de tener un personaje con un estilo determinado debes tener teatralidad.

«¿Qué es eso? —te preguntarás—. ¿Una entrada especial para un teatro?»

No. Estoy hablando de la habilidad para captar y mantener la atención del público. Si un mago tiene teatralidad nadie tose, mira el reloj o se pone nervioso. Todo el mundo está fascinado.

La teatralidad es cómo te mueves y te relacionas con el público. Es tu encanto personal y tu capacidad para pensar con rapidez. Es cualquier cosa que hagas para que tu actuación resulte emocionante, dramática o al menos interesante.

Volvamos a nuestro amigo Mocoso. Sabemos que el rasgo básico de su personaje son los estornudos, y sabemos que su estilo es cómo estornuda. Lo haga discretamente o como una bomba nuclear, si tiene teatralidad al hacerlo impresionará a todo el mundo que le oiga. Cuando estornude la gente puede reír, llorar, gritar de miedo o quedarse boquiabierta, pero sea cual sea su reacción pensará: «¡Cómo estornuda Mocoso!».

Como mago querrás que la gente diga algo parecido sobre ti: «¡Cómo estornuda Charlie!» (o Ester, o Kevin, o... como te llames). Quiero decir: «¡Cómo hace magia ese niño!»

Si la gente no se cansa de ti, si se ríe a carcajadas y puedes llevarla por donde quieras, es muy probable que tengas teatralidad.

La teatralidad es lo que hace un mago para mantener la atención y el interés del público.

Si no tienes teatralidad no te preocupes: Se puede aprender. Para eso está este libro.

Muy bien, ahora ya sabes qué es el personaje, el estilo y la teatralidad. Pero harías el ridículo ante el público disfrazado de colinabo gigante sin nada que decir. Por eso necesitas unos cuantos consejos para hablar. Y yo voy a dártelos.

Verborrea

La verborrea de un personaje es como las cuerdas de un ukelele. Uno de ellos no vale para nada sin el otro. Un personaje sin verborrea es un mimo. La verborrea sin un personaje es simplemente aburrida.

¿Qué es?

No, la verborrea no es hablar sólo con verbos. ¿Qué es entonces?

La verborrea es cualquier cosa que digas para que un truco resulte más interesante al público.

La verborrea puede ser:

✧ Una introducción a un truco («Tengo aquí un matamoscas... Bueno, en realidad es un matacocodrilos con el que voy a...»)

✧ Una historia que se cuenta mientras se realiza un truco («Este juego de manos me lo enseñó Louie el manco. Permitidme que os hable de Louie...»)

✧ Instrucciones al público («¿Puede levantarse todo el mundo para darme una gran ovación?»)

✧ Un chiste («Un tipo entra en un restaurante... ¡Ay! ¡Eso tiene que haberle dolido!»)

✧ Una frase divertida («Llega tarde; le hemos puesto falta»)

✧ Unas palabras mágicas («¡Pinky-schminky alakazoo!»)

✧ Un comentario irónico para hacer callar a un aguafiestas («Con la boca cerrada está más guapo»)

✧ Un ruido para captar la atención de la gente («¡Ahhhhhhhhh!»)

✧ Una afirmación para distraer al público de algo que estás haciendo («¡Tiene la bragueta abierta!»)

✧ Cualquier cosa que digas para llenar el tiempo («Estoy esperando a que llegue el presidente de Swazilandia...»)

✧ Un efecto sonoro (¡Eup!)

La verborrea es la clave para que la magia tenga éxito. Hacer un truco mágico es en cierta manera como contar un chiste. Un buen contador de chistes puede hacer que la gente se ría aunque el chiste no sea genial. Lo mismo ocurre con la magia. Un buen mago puede entretener a la gente incluso con trucos sencillos o tontos.

Tu verborrea sonará mejor si actúas con seguridad. Recuerda que mientras estés en el escenario es tuyo. Todo el mundo te prestará atención y supondrá que eres más listo que ellos. Utiliza eso en tu beneficio. Actúa como si supieras exactamente qué estás haciendo, aunque no sea así. Si cometes un error continúa con la función y sigue hablando. El público no sabrá lo que debe ocurrir, y es muy probable que ni siquiera se dé cuenta de que te has equivocado.

Da todo lo que tengas. Es mejor pasarse que quedarse corto. Después de exagerar algo, un amigo mío siempre dice: «Si merece la pena hacerlo merece la pena exagerarlo». Di las cosas más raras que se te ocurran. No tengas miedo a ser atrevido. Un buen mago dice cualquier cosa para mantener el interés del público.

Sé original. Si ves un truco en un libro o lo compras en una tienda de magia añádele verborrea para hacerlo tuyo. Si realizas los trucos de un modo diferente a otros magos te ganarás la reputación de ser creativo. Y si algún día decides vivir de la magia conseguirás más trabajo que los demás. Irá a ver

te más gente. Y te sentirás mucho mejor contigo mismo.

Con verborrea funciona casi todo. Pero hay una regla que deberías recordar. Tu personaje, tu estilo y tu verborrea deben ser coherentes. Por ejemplo, si representas el personaje de Dormilón, cuyo estilo es bostezar todo el tiempo, no deberías decir que te quedas viendo la televisión hasta las tantas todas las noches. Ten en cuenta qué diría tu personaje en circunstancias normales.

En las siguientes páginas, y a lo largo del libro, encontrarás muchos ejemplos de frases divertidas para comenzar tu actuación.

Introducciones

Podrías empezar tu espectáculo preguntando: «¿Queréis ver un truco mágico?». Pero sería más divertido decir: «¿Os he enseñado alguna vez mi oreja biónica?» o «¿Sabéis que una vez me secuestró una banda de gitanos ambulantes?». Ese tipo de preguntas atraerá la atención de la gente.

He aquí otras sugerencias para captar la atención del público:

✵ «Este año mi madre me ha dicho que ya tengo edad para aprender el truco mágico de la familia, que ha pasado durante siglos de una generación a otra. ¿Os gustaría verlo?»

✵ «La semana pasada estaba en un bar tomando una cerveza —de jengibre—

cuando de repente entraron tres tipos con sombreros puntiagudos y túnicas con estrellas y se sentaron a mi lado...»

☼ «El otro día me visitó un alienígena de Plutón. Cuando le comenté que nadie iba a creer lo que me había pasado me dio una pelota mágica. Y me dijo con un acento extraño que si alguien dudaba de mí le enseñara la pelota para demostrar que hay más vida en el universo.»

☼ «¿Os he mostrado alguna vez el truco que me enseñó el gran Houdini? No Harry Houdini... El Pequeño Houdini. Era un tipo muy bajito que...»

☼ «Mientras estaba ayer rebuscando en el desván encontré este extraño...»

☼ «El otro día estuve pensando en mi época universitaria. Me gradué en el 96, quiero decir en 1896... en mi vida anterior. En cualquier caso, como iba diciendo...»

Palabras mágicas

Yo intento evitar las palabras mágicas como *abracadabra*, *hocus-pocus* y *alakazam* por una sencilla razón: ¡Apestan! Están desfasadas. No tienen chispa. Prueba con alguna de estas otras:

☼ Abbykadabby

☼ Abracabuger

☼ Abracafedra (ésta es estupenda si tienes una voluntaria llamada Fedra)

☼ Abracadudy

☼ Abracapocus

☼ Abracacebra

☼ Alakapocus

☼ Pelillos en la nariz

☼ Oídos con cera

☼ Epelkedepel (luego saca la lengua y haz tres pedorretas)

☼ Cómete un plátano

☼ Hokey pokey

☼ Hukus-pukus

☼ Mecalekahi mecánicus

☼ Nov schmozz kepop

☼ Alabím bom bam

☼ Tira a tu hermano del pelo

☼ Tiny-winy Houdini

☼ El bigote del tío Lucas

☼ La ropa interior de tu abuelo

☼ El juanete de tu abuela

☼ Los guantes de boxeo de tu madre

... Y así *ad náuseam*. (No, ésta no es una palabra mágica, pero podría serlo. Quiere decir «hasta que vomites».)

También puedes crear tus propias palabras mágicas. Inventa una palabra nueva o utiliza cualquier frase que te guste, como *los calzoncillos de tu abuelo*. Lo extraordinario de las palabras mágicas es que por absurdas que sean tienen un gran poder si las dices con un poco de teatralidad al hacer un truco mágico.

Palabras divertidas

Cuando prepares la verborrea para tus trucos mágicos no olvides utilizar muchas palabras divertidas. He aquí algunos ejemplos de palabras aburridas que se pueden sustituir por otras divertidas:

Aburrido	Divertido
Manzana	Plátano
Dedo índice	Dedo gordo del pie
Zanahoria, patata	Colinabo, guacamole
Hombro, cuello, espalda	Colmillo, rótula, trasero
Venus, Tierra	Plutón, Neptuno
Smith	Fenstermacher
Ombligo	Tirrín
Brazo	Sobaco
Señal, sodio, siete, Capilla Sixtina	Schloimy, schmo, schlemiel, schmutz, schmegeggi, schtick, schmart, schlomozzle
Brasil	Kalamazoo
Nueva York	Plutón
Pirineos	Dientes de conejo

Canción, papá	Copla, papaíto
Tonto	Zoquete, panoli

¿Comprendes lo que quiero decir? Las palabras divertidas tienen sonidos originales (*schlomozzle*) que traen a la mente imágenes graciosas (*dientes de conejo*) o describen cosas de las que la gente no suele hablar (*sobaco*). En todos los campos hay palabras aburridas y divertidas. He aquí algunos ejemplos de medios de transporte divertidos:

Aburrido	Divertido
Boeing 747	Helicóptero
Bicicleta	Triciclo
Mercedes	Escarabajo
Motocicleta	Tren chuchú

Y de algunos animales:

Aburrido	Divertido
Tiranosaurio	Hipopótamo
Conejo	Canguro
Serpiente	Gusano

Y por último de algunos lugares:

Aburrido	Divertido
Garaje	Retrete
Casa	Caseta del perro
Oficina	Iglú
Tienda de campaña	Tipi

Vestíbulo

Tienda de
  ultramarinos

Habitación

Cuarto de baño

Alcantarilla

Celda acolchada

Cuando prepares tu actuación puedes incluir igualmente historias divertidas. Por ejemplo:

Aburrido

Un día que iba andando por la calle me encontré una manzana en el suelo. La cogí y me la metí en el bolsillo. Mientras iba andando con la manzana en el bolsillo...

Cuando me siento a la mesa suelo mirarme el dedo índice...

Anoche, mientras estaba en casa comiendo una zanahoria, llamó a la puerta un vendedor de Nueva York que...

Divertido

Un día que iba andando por la calle me encontré un plátano. Lo recogí, pero como no llevaba bolsillos me lo metí en la oreja. Mientras iba andando con el plátano en la oreja...

Cuando me siento a la mesa suelo mirarme el dedo gordo del pie...

Anoche, mientras estaba en el cuarto de baño comiendo guacamole, llamó a la puerta un alienígena de Plutón con dos cabezas...

Observa cómo he mezclado ideas diferentes en las historias divertidas. (¿Quién iba a pensar que las expresiones *comiendo guacamole* y *un alienígena de Plutón con dos cabezas* podrían ir juntas en la misma frase?) También puedes hacer que una palabra o idea aburrida resulte divertida combinándola con algo improbable. Por ejemplo, una habitación es aburrida, pero una habitación llena de puré de lentejas no. ¡Inténtalo tú!

Veamos, ya tienes un personaje, estilo y teatralidad. Incluso tienes una gran verborrea. Pero te falta algo. Además de eso necesitas algunos...

Accesorios

Efectivamente, necesitas accesorios, así que tengo que hablarte de ellos. Bueno, no es que tenga que hacerlo, pero mi editor ha insinuado que si no lo hago podría no publicar este libro.

¿Me estás preguntando qué es un accesorio? Muy bien, te lo diré:

Un accesorio es cualquier objeto que te ayude a realizar un truco mágico.

Los accesorios pueden resultar muy útiles para que la magia sea divertida. Pero también pueden ser mortalmente aburridos si los usas de un modo tradicional. Sé creativo cuando utilices varitas mágicas, animales, sombreros y otros accesorios. Te aseguro que el público apreciará tu esfuerzo.

Varitas mágicas

La varita mágica tradicional es un palo negro con los extremos blancos. Seguro que has visto a algún mago con esmoquin usar una varita como ésa para sacar de algún sitio pañuelos, monedas o un conejo.

Zzzzzzzz... ¿qué? Lo siento, me había quedado dormido. Ese tipo de varitas mágicas son de lo más aburridas. No las uses. Utiliza cualquier otra cosa. ¿Qué te parece un plátano mágico o un perrito caliente mágico? Incluso un cepillo de dientes mágico puede valer. Pero no utilices ese estúpido palo negro.

Yo suelo utilizar una pistola de rayos de juguete. De hecho, hago colección de pistolas de rayos. Funcionan con pilas, tienen luces de colores y hacen ruidos extraños cuando aprieto el gatillo. Cuando utilizo una de ellas digo al público: «Esta pistola apareció una vez en *Star Trek*. La usó un alienígena de color púrpura con pelo en el *pupik* («ombligo» en *yiddish*) para transformar a Spock en una babosa espacial. Ahora voy a utilizarla para...». Después puedo decir cualquier cosa: «... convertir la cabeza de mi ayudante en una berza», «... convertir la botella que tengo en la mano en un misil termonuclear» o algo por el estilo.

He aquí otras varitas mágicas originales que puedes utilizar:

- ✿ Una espátula
- ✿ Un rascador negro
- ✿ Un palo de billar pequeño
- ✿ Un pepinillo
- ✿ Un hueso de pollo (di a la gente que es humano)
- ✿ Un palo de regaliz
- ✿ Cualquier cosa con unos ojos saltones pegados
- ✿ Tu dedo
- ✿ Un lapicero
- ✿ Un bolígrafo
- ✿ Un palo
- ✿ Una pluma
- ✿ Un trozo de queso (vale, puede que me esté pasando un poco)
- ✿ Un pincho para ganado
- ✿ Un ariete (creo que voy a dejarlo aquí)

Es muy probable que estés pensando: «Pero ¿cómo voy a usar una espátula como varita mágica? Eso es ridículo». (Por supuesto que lo es; éste es un libro de magia di-

vertida.) El truco consiste en convencer al público de que la espátula es mágica.

Para hacerlo debes contar una historia sobre ella. Por ejemplo, puedes coger la espátula y decir: «Ésta no es una espátula normal. La utilizaba el gran Merlín para hacer hamburguesas mágicas en la época del rey Arturo. Merlín se la dio un día a mi tatarabuelo por casualidad. Bueno, en realidad intentó convertirle en un tritón, las cosas se complicaron y mi tatarabuelo acabó con la espátula. Es una larga historia. El caso es que pasó a manos de mi familia hasta que yo la heredé. Ahora me veréis realizar unos fantásticos trucos mágicos con ella. También sirve para dar la vuelta a las hamburguesas».

«De acuerdo —me dirás—, cualquiera puede contar una buena historia sobre una espátula. Pero ¿sobre un palo viejo?»

Aquí tienes un ejemplo: «Éste no es un palo normal. Parece un palo e incluso huele como un palo. Pero no es normal. Lo usaba David Copperfield cuando tenía mi edad. No podía permitirse el lujo de tener una varita de verdad, así que utilizaba este palo. Con el tiempo se convirtió en un palo mágico. Yo se lo compré a su madre en un mercadillo. Ella no sabía que era mágico, así que se lo saqué a un buen precio. Creía que me estaba engañando, pero se equivocaba. Este palo puede hacer cosas extraordinarias. Por ejemplo, si se lo tiro a un perro correrá detrás de él y me lo traerá. Si golpeo a alguien con él gritará. Y luego están los trucos mágicos que estoy a punto de…».

¿Lo comprendes? Con un poco de imaginación puedes hacer que cualquier cosa parezca mágica. Estrújate la cabeza. Sé que puedes hacerlo.

Animales

Si veo sacar otro conejo de una chistera u otra paloma de un pañuelo te juro que vomito. Pero ésa no es la única razón por la que no utilizo animales vivos en mis trucos mágicos. El principal motivo es que son una lata. Son sucios, se mueren si no les das de comer y no siempre hacen lo que quieres que hagan.

Cuando necesito un animal para un truco mágico siempre uso una marioneta. Por ejemplo, tengo una araña de goma que no engaña a nadie pero hace que la gente se ría intentando meterse en mi nariz. En algunas tiendas de magia venden un mapache de peluche llamado Rocky Raccoon, además de marionetas de ratas y ratones para los dedos.

Te recomiendo que sigas mi ejemplo y no uses animales vivos. Pero si no puedes resistir la tentación intenta hacerlo de un modo divertido y original.

Sombreros

Un mago con esmoquin dice «¡Abracadabra!», mueve una varita blanca y negra sobre una chistera y hace aparecer un conejo.

¡Puf!

¿Cuándo fue la última vez que viste a alguien con una chistera? Sólo las llevan los magos. No son ni divertidas ni interesantes. Se venden en las tiendas de magia, pero son demasiado caras para un niño como tú.

Cuando necesito algún recipiente para un truco mágico uso una gorra de béisbol, un cubo o una caja. Para que una caja de cartón resulte más interesante puedes pintarla o poner unas cuantas pegatinas en ella.

Aunque no suelo usar sombreros para mis trucos mágicos me gusta llevarlos cuando actúo. Los sombreros pueden ser muy divertidos; cuando encuentro uno gracioso lo compro. Uno de mis sombreros tiene un pez que atraviesa la copa. Otro tiene dos manos en la parte de arriba que aplauden cuando tiro de una cuerda. Otro tiene unos cuernos a los lados, y cuando me lo pongo digo: «Siempre me salen estos cuernos cuando hago magia». Tengo gorros de bufón y gorras de béisbol con leyendas divertidas. También tengo un sombrero con una tira blanca en la que puedo escribir lo que quiera y luego borrarlo. En verano llevo un sombrero con un ala inmensa o una sombrilla. A veces me pongo un sombrero con una hélice o un gran turbante amarillo con una pluma y una piedra preciosa. La gente cree que mis sombreros son mágicos, pero en realidad sólo los uso para que mis trucos sean más interesantes y para hacer reír al público.

Pañuelos

Los pañuelos de seda para hacer magia suelen ser caros, pero merecen la pena. Yo los utilizo mucho.

Tengo uno que después de doblarlo cabe en un dedo falso, y otro que tiene un dibujo de un conejo con un letrero que dice «Fin».

Los pañuelos de seda son estupendos porque se pueden doblar en una bolita y quedan muy bien al desplegarlos. Los pañuelos de seda son fáciles de manejar y ocultar.

He aquí un sencillo truco que puedes hacer con un pañuelo de seda: Métetelo en el cuello de tu camisa. Ponte la mano izquierda sobre la oreja derecha, coge la punta del pañuelo con la mano derecha y simula que te lo sacas de la oreja. También puedes hacer este truco con una toalla, un par de calzoncillos o papel higiénico. (¡Yo he usado todas esas cosas!)

Ayudantes guapas con tutús

Las ayudantes guapas con tutús suelen ser aburridas... a no ser que tu ayudante con tutú sea un chico... ¡Eso sí sería divertido!

Gafas divertidas y otros accesorios

En las tiendas de disfraces puedes comprar todo tipo de gafas divertidas. Yo tengo gafas con rayos X, gafas que parpadean y gafas con ojos saltones. Tengo unas gafas con una nariz muy grande, un bigote y unas cejas anchas. Y también tengo unas gafas enormes con una nariz muy grande, un bigote y unas cejas anchas que se mueven hacia arriba y hacia abajo cuando las muevo.

Esas gafas las utilizo por ejemplo para hipnotizar a un voluntario, para leer unas palabras mágicas «invisibles», para meterme en un personaje o simplemente para tener un aspecto grotesco cuando le pido a alguien que elija una carta. Y a veces se las pongo a los voluntarios. No tengo vergüenza.

Mira en una tienda de disfraces, un catálogo o una página web. Las empresas de artículos de broma ofrecen muchas cosas divertidas además de gafas. Por ejemplo, yo he encontrado un par de orejas enormes, una caja de perfume con una rata que sale de ella, un imperdible que parece atravesar la nariz de una persona y un imperdible gigante que parece atravesar la cabeza de una persona.

También puedes usar objetos cotidianos como accesorios divertidos. A lo largo del tiempo yo he utilizado marionetas, espátulas, estetoscopios, tijeras, ropa interior, papel higiénico, bolsas de papel, serpientes de goma, muñecos, juguetes viejos y todo tipo de «polvos mágicos». (Cualquier cosa puede servir de polvo mágico: sal, arena, brillantina, confeti e incluso copos de cereales.)

Usa tu imaginación para coleccionar accesorios divertidos, e introdúcelos en tu espectáculo siempre que puedas.

Ya lo sabes

Ahora que ya lo sabes todo sobre el personaje, el estilo, la teatralidad, la verborrea y los accesorios puedes convertirte en un mago divertido. Espera un poco... No, todavía no, porque en el próximo capítulo hay... hay... ¿qué iba a decirte? Ah, ya me acuerdo. Pasa a la siguiente página porque en ella encontrarás...

CAPÍTULO DOS
Cinco conceptos importantes que debes recordar

1. Práctica

Es importante que practiques los trucos mágicos. Lo diré otra vez por si acaso no me has oído: Es importante que practiques. ¿Sigues sin oírme? Lo repetiré una vez más:

¡Es muy importante que practiques!

Probablemente no lo harás. Yo no lo hacía cuando tenía tu edad. Esto es lo que me solía pasar...

Aprendía un truco y lo practicaba unas cuantas veces. Pero no podía esperar y tenía que enseñárselo a alguien. Normalmente pillaba a mi madre, le hacía el truco y me salía de pena. Ella veía cómo lo había hecho y yo me sentía fatal. Después me prometía a mí mismo que iba a practicar hasta que me saliera bien. Lo ensayaba unas cuantas veces más (pero no lo suficiente para dominarlo). Luego hacía el truco a un amigo y me salía mal de nuevo. Mi amigo me tomaba el pelo por ser un manazas y yo me sentía aún peor. Para cuando podía realizar el truco sin equivocarme todo el mundo sabía cómo se hacía.

Practica los chistes
Practica la verborrea
Practica delante de un espejo
Practica los trucos
Practica con las cartas

No permitas que esto te pase a ti. Practica cada truco cuatro o cinco veces sin hablar delante de un espejo. Luego practícalo otras cuatro o cinco veces, o algunas más. Cuando seas capaz de hacerlo con fluidez (después de unas veinte veces), empieza a practicarlo con verborrea. Habla despacio para no equivocarte. Si te impacientas irás demasiado rápido, pero si lo haces te arrepentirás.

Luego muestra el truco a un miembro de tu familia. Si te sale mal practica un poco más centrándote especialmente en las partes en las que hayas fallado. Luego haz el truco a otro familiar. Te recomiendo que utilices a la familia porque normalmente los parientes no te torturan si cometes un error. (Si tienes un hermano perverso déjalo para el final.)

A la gente le resulta difícil ver sus propios errores. Por eso los actores tienen directores, los escritores editores y los atletas entrenadores. Pide a alguien de confianza que observe cómo haces el truco y te sugiera cómo mejorarlo, por ejemplo a otro mago o a alguien a quien le guste el arte dramático.

Cuando hayas hecho bien el truco un montón de veces delante de diferentes personas estarás preparado para actuar con público.

Si te sale mal el truco después de creer que lo tenías dominado no te preocupes. No es el fin del mundo, a no ser que utilices una bomba nuclear, lo cual no es muy probable. Después de todo, sólo es un truco mágico. Sonríe y pasa al siguiente. Luego vete a casa y practica un poco más.

2. Repetición de un truco

Éste es otro punto en el que no insistiré lo suficiente. (Muy bien, Charney, ya vale de insistir.) Te ruego que no repitas un truco al mismo público más de una vez. Si hubiese una biblia para los magos, esta regla debería estar en la primera página.

Cuando la gente ve un truco por primera vez no sabe qué esperar. Puedes engañarla con facilidad. Pero si vuelves a mostrarles el truco observan con más atención. Se fijan más en cómo se hace el truco y en muchos casos lo averiguan.

Aunque te apetezca realizar un truco dos veces —sobre todo si tus amigos te dan la lata— no debes hacerlo. No tienes nada que ganar y mucho que perder.

Dicho esto, el discurso ha concluido.

3. Movimiento

Es difícil hacer un espectáculo mágico sin movimiento. Cuando empecé a hacer magia usaba un micrófono colocado en un atril. (Da igual que los micrófonos no existieran en la época de la Guerra Civil.) Era un trasto enorme, y me obligaba a permanecer quieto en un sitio durante toda la actuación.

Luego me compré un micro inalámbrico, y parecía un pollo que se había escapado del gallinero. De repente mi espectáculo creció porque podía usar todo el escenario. Ahora puedo ir de un lado a otro para hacer comentarios. Puedo inclinarme, correr, sentarme, pasearme, hacer cosquillas, bailar o pavonearme. Al ser más grande, mi representación es también más espectacular.

Un mago necesita moverse mientras actúa por varias razones. El movimiento ayuda a la gente a comprender tu personaje. También sirve para expresar diferentes emociones. El movimiento te ayuda a contar una historia, subrayar un punto importante o hacer reír a la gente. El movimiento puede ayudarte a controlar tu espectáculo y tener más presencia escénica.

Un momento... ¿presencia escénica? ¿De dónde ha salido eso? ¿Y qué quiere decir? Me alegro de que me lo preguntes:

La presencia escénica es la capacidad para parecer que te encuentras cómodo en el escenario.

Si tienes presencia escénica todos tus movimientos tendrán un propósito. No hará falta que des muchos saltos en el escenario (a no ser que hagas de enano saltarín). No centrarás la atención en objetos o acciones en las que no quieres que se fije la gente. Tus movimientos serán elegantes y naturales.

4. Desviación

Es posible que estés pensando: «Por favor, Charney, no irás a hablarme de problemas de tráfico, ¿verdad?». ¿Que no estás pensando en eso? Estupendo, porque si así fuera me preocuparía por ti.

La desviación consiste en distraer a la gente de objetos o acciones que no quieres que vean.

¿Te suena familiar? Sí, acabo de decir algo parecido en el apartado anterior. De igual forma que puedes centrar la atención en algo con el movimiento, puedes utilizar el movimiento y la verborrea para desviar la atención de algo.

Imagina que quieres meterte una carta en el bolsillo disimuladamente. Al hacerlo con la mano derecha puedes señalar al otro lado de la habitación con la mano izquierda y gritar: «¡Aaahhh! ¡Un murciélago gigante!». Mientras el público mira hacia donde estás señalando, haces lo que tienes que ha-

cer sin que se den cuenta. Y cuando vean que no hay nada dices: «Lo siento. Supongo que era sólo una mosca, pero muy grande».

Cuando quieras hacer aparecer un objeto no te limites a extender la mano y decir: «¡Aquí está!». Sácalo de una oreja, un vaso o un zapato. Crea una nube de humo antes de mostrar el objeto o descúbrelo en un cuenco grande de gelatina. Haz que la aparición sea siempre espectacular.

Cuando tengas que esconder un objeto pequeño en el bolsillo mete la mano al bolsillo por otra razón. Por ejemplo puedes comentar: «Tengo que echar unos polvos mágicos al cocodrilo que veis delante de mí». Y al coger los polvos mágicos puedes deslizar el objeto en el bolsillo.

Da siempre una razón para tus acciones. Te ayudará a controlar lo que la gente piense sobre lo que hagas.

5. Prueba tus chistes

¿Por qué crees que soy tan divertido?

Porque pruebo mis chistes. Esto es lo que hago: Leo libros de chistes, y cuando encuentro uno que me gusta lo escribo y lo memorizo. Luego lo introduzco en mi actuación. Si el público no se ríe con él me pregunto: «¿Qué es lo que falla, el chiste o la gente?». Para comprobarlo cuento el chiste otra vez a un público diferente. Si obtengo la misma respuesta pruebo el chiste una vez más. Si después de tres intentos la gente sigue mirándome como las vacas al tren me doy por vencido. He descartado algunos chistes estupendos. Aunque crea que un chiste es divertido, si por alguna razón no funciona no tiene sentido que lo mantenga.

Tú tienes suerte, porque he hecho ya un montón de pruebas para ti. Y en el siguiente capítulo encontrarás...

Capítulo Tres
Frases divertidas que puedes utilizar

Yo tengo muchas frases divertidas, y voy a compartirlas contigo. Las he probado todas con niños y con adultos, y por lo tanto sé que funcionan en las situaciones adecuadas. Memoriza una o dos cada vez y busca un buen momento para introducirlas en tu actuación. Cuando las tengas controladas memoriza unas cuantas más que te gusten o le vayan bien a tu personaje. Antes de que te des cuenta tendrás una gran colección de frases que podrás decir en diferentes situaciones.

Sin embargo, debes recordar que yo he probado esas frases con mi público, no con el tuyo. Tendrás que averiguar por ti mismo cuáles se adaptan a tu estilo y funcionan mejor con el público que presencie tu actuación.

Tonterías generales

✿ «Ya es hora de que empiece el espectáculo. Si no vuelvo a casa en un par de horas mi madre alquilará mi habitación.»

✿ «¿Cuánta gente no me ha visto nunca? Que levante la mano. ¿Y cuánta gente me ve por primera vez?»

✿ Tú: «¿Cuántos años tienes?».
Él: «Ocho».
Tú: «Es curioso; cuando yo tenía ocho años tenía la misma edad que tú».

☼ Tú: «¿Cuántos años tiene?».
Ella: «Cuarenta y dos».
Tú: «Me pregunto si a los cuarenta y dos tendré la misma edad que usted».

☼ «Mis dedos nunca abandonan mi mano.»

☼ Tú: «¿Cómo se llama?».
Él: «Bill».
Tú: «Hola, yo soy Steve. ¿Y usted?».
Ella: «Susan».
Tú: «Hola, yo sigo siendo Steve».

☼ «El siguiente truco se hace con público en directo, pero hasta que llegue tendré que conformarme con lo que hay.»

☼ «Este truco lo puede hacer cualquier niño de diez años con quince años de práctica.»

☼ «¡Llega tarde! ¿Trae un justificante?»

☼ «Me alegro de que haya venido. Le hemos puesto falta.»

☼ A una persona bajita: «¿Está dentro de un agujero?».

☼ A otra persona bajita: «Póngase de pie, por favor. Ah, que ya está de pie».

☼ «Sé judo, jiujitsu, kárate y otras catorce palabras japonesas.»

☼ «Llevo calzoncillos de pata, y sé cómo usarlos.»

☼ Tú: «De dónde es?».
Él: «De Nueva Jersey».

☼ Tú: «Lo siento, ¿cómo dice?».
Él: «De Nueva Jersey».
Tú: «Ya le he oído, pero lo siento».

☼ «Conozco a un mago que hace este truco sin usar esta mano. No pienso dejársela. Es mía.»

☼ «Una vez le corté una oreja a un niño sin querer. Le dije que lo sentía, pero no creo que me oyera.»

☼ Tú: «¿Ve mucho la televisión?».
Ella: «Sí».
Tú: «Ya se nota, tiene los ojos cuadrados».

Si el público no se ríe de un chiste

✧ «¿Qué es esto, un público o un cuadro?»

✧ «¿Qué es esto, un público o un jurado?»

✧ «¿Quién ha contratado a este público?»

✧ «Ya saben que pueden ser reemplazados... por un público.»

✧ «Pues sí, vamos a pasar juntos una velada muy agradable.»

✧ «¿Qué es esto, un público o un congreso de mimos?»

✧ Tú: «¿Pueden decirme un número del uno al diez?».

Los miembros del público dicen varios números.

✧ Tú: «Muy bien. Sólo quería asegurarme de que estaban despiertos».

✧ A una persona que aplauda: «Gracias, mamá».

✧ A una persona que aplauda: «¿Eso ha sido un aplauso o le están pegando a alguien?».

✧ A un grupo de gente que se ría: «Me alegro de que mi familia haya podido venir».

✧ «Celebraremos un funeral por ese chiste mañana a las diez de la mañana.»

Bromas para trucos de cartas

✧ Invita a un voluntario a coger una carta. Haz que sobresalga una de la baraja y di: «Coja una carta, la que quiera». Si evita la que sobresale intenta ponérsela en la mano. Si hay un forcejeo resultará muy divertido. Por último di: «Bueno, no importa. Sólo tiene que coger una carta», y sigue adelante.

✧ Intenta poner una carta en la mano de un voluntario como en el ejemplo anterior. Si coge esa carta di cuál es (tras haberla memorizado antes), recógela y añade: «No coja esa carta. Elija otra, por favor». Luego sigue adelante.

✧ Si se cae una carta al suelo mírate la mano y di: «Me parece que tengo un agujero en la mano».

✧ Si se cae una carta al suelo di entre dientes: «Maldita gravedad».

✧ Pide a un voluntario que mezcle una baraja de cartas. Luego di: ¿Están mezcladas? Bien. Ahora vuelva a ponerlas como estaban».

- ✷ Pide a un voluntario que mezcle una baraja de cartas. Luego di: «¿Están revueltas? Yo también».

- ✷ Pide a un voluntario que mezcle una baraja de cartas. Luego comenta: «Lo ha hecho tan bien que debería trabajar en una oficina de correos».

- ✷ Pide a un voluntario que examine una baraja de cartas y di: «Mientras tanto yo mostraré al público un truco con esa baraja».

- ✷ Abre en abanico una baraja de cartas y di: «Coja una muestra gratis».

Chistes cortos para llenar el tiempo

Estos chistes te resultarán muy útiles cuando tengas que rellenar unos minutos durante una actuación. Puede que un voluntario tarde en subir al escenario. O que la persona a la que has pedido que baraje las cartas sea muy lenta. O que tengas que esperar a que el presidente de Swazilandia vuelva del servicio. Cuenta algunos de estos chistes para que la gente no se quede dormida:

- ✷ «¿Qué hace una vaca sin patas? Quedarse patidifusa.»

- ✷ «Últimamente me ha dado por leer las esquelas. ¿Cómo es posible que todo el mundo se muera en orden alfabético?»

- ✷ «Si no vas a los entierros de los demás ellos no irán al tuyo.»

- ✷ «A mi tío le dio un ataque en un congreso de mimos. Creían que era una broma.»

- ✷ «Es mejor usar un dólar como marcador de libros que pagar un dólar por un marcador de libros.»

- ✷ «¿Quién inventó la escobilla que se pone junto al retrete? Con el daño que hace eso.»

«Mi madre cree que soy demasiado curioso. Al menos eso es lo que pone siempre en su diario.»

«Si al meter una mano en un bolsillo saco veintinueve dólares y al meter la otra mano en el otro bolsillo saco treinta y ocho dólares, ¿saben qué tengo? Los pantalones de otra persona.»

«Si tengo seis naranjas en una mano y ocho naranjas en la otra, lo que tengo son unas manos enormes.»

«¿Saben por qué se cayó el mono del árbol? Porque estaba muerto.»

«¿Por qué enterraron a George Washington en Mount Vernon? Porque estaba muerto.»

«¿Saben cómo está un hombre con un autobús en la cabeza? Muerto.»

«¿Qué pasa si se te caen los brazos? Que no puedes recogerlos.»

«¿Por qué no hay perros en la luna? Porque no hay árboles.»

«Era un caballo tan flojo que cuando le ponían la silla se sentaba.»

«¿Saben por qué la jirafa tiene las patas tan largas? Porque si fueran más cortas no llegaría al suelo.»

«¿Por qué la gallina es tan sucia? Porque caca-rea.»

«¿Por qué tienen los gorilas las narices tan grandes? Porque tienen los dedos muy grandes.»

«¿Qué diferencia hay entre las coles de Bruselas y el chocolate? Que los niños no comen coles de Bruselas.»

«Un paciente entra en la consulta del médico y dice: "Doctor, me estoy encogiendo". Y el médico le responde: "Tenga un poco de paciencia".»

«Una persona invisible entra en una consulta, y el médico le dice: "Lo siento, pero ahora no puedo verle".»

«¿Saben por qué salió el plátano con la ciruela? Porque la manzana le dio calabazas.»

«¿Qué le dice el cero al ocho? Bonito cinturón.»

«¿Quién inventó el primer avión que se estrelló? Los hermanos Cachaflás.»

«¿Saben a qué nos ayudan los ríos? A ahogarnos.»

✫ «¿Saben por qué nos compramos zapatos? Porque no nos los dan gratis.»

✫ «¿Qué le dijo Adán a Eva? En esta familia el que lleva las plantas soy yo.»

✫ «¿Tienen agujeros en los calzoncillos? ¿No? ¿Entonces cómo meten los pies?»

Cuatro respuestas a «¿Cómo has hecho eso?»

1. Él: «¿Cómo has hecho eso?».
Tú: «¿Me prometes no contarlo?».
Él: «Sí».
Tú: «Yo también hice esa promesa».

2. Ella: «¿Cómo has hecho eso?».
Tú: «Muy bien».

3. Él: «¿Cómo has hecho eso?».
Tú: «¿Sabes guardar un secreto?».
Él: «Sí».
Tú: «Yo también».

4. Ella: «¿Cómo has hecho eso?».
Tú: «Podría decírtelo, pero entonces tendría que matarte».

Luego, para demostrar que no hay resentimientos, añade: «Yo sé guardar secretos, pero la gente a la que se los cuento no».

Aguafiestas

Como mago, tarde o temprano te encontrarás con alguien que interrumpirá tu actuación con preguntas, quejas o insultos. A esos tipos se les llama aguafiestas.

Si estáis los dos solos puedes arreglar el asunto dejando de hacer magia. A mí me ha ocurrido más de una vez: Estoy haciendo un truco de cartas para alguien que intenta pillarme o no presta mucha atención. En cuanto veo que no le interesa me meto las cartas al bolsillo y cambio de tema.

Si actúas ante un público —sobre todo si te pagan—, la historia es diferente. No puedes parar el espectáculo. Tienes que solucionar el problema lo antes posible. No permitas que una persona estropee la diversión a todas las demás. Normalmente los aguafiestas se callan con unos cuantos comentarios irónicos. (En las siguientes páginas encontrarás una larga lista.) Si no funcionan tendrás que intentar otra cosa.

Es mejor no salirse del personaje si se puede evitar, pero si te encuentras con un tipo muy pesado tendrás que hacerlo. Si el aguafiestas es un niño que está con sus padres pide a los padres que se ocupen de él. O amenázale con mandarle al fondo de la sala.

He aquí una estrategia que a mí me da resultado. Digo: «Hola, guapa, ¿está aquí tu madre?». Ella asiente. «Bien. ¿Puedes señalarla?» Cuando señala a su madre yo la miro con una ceja arqueada. Con esto suele ser suficiente. A veces los niños se niegan a señalar a sus padres, pero como por arte de magia dejan de molestar.

Haz lo que sea necesario para mantener el control. Confía en mí: El público te lo agradecerá.

En cuanto a los comentarios irónicos, no es necesario que los recuerdes todos. Bastará con que elijas cuatro o cinco. Y recuerda que sólo debes usarlos para defenderte. Si los utilizas para cualquier otra cosa que no sea librarte de un pelmazo el que quedará como un idiota serás tú.

✿ «Eres tan tonto que tardas hora y media en ver *60 minutos*.»

✿ «Eres tan feo que cada vez que coges una concha y te la pones en la oreja te dice que te marches de la playa.»

✿ «Tienes un pelo precioso... asomando por la nariz.»

✿ A un aguafiestas adulto: «Sí, me acuerdo de cuando me tomé la primera cerveza».

✿ «Eres tan feo que tus padres tienen que besarte a través de una pajita.»

✿ «Eres tan feo que tus padres tienen que atarte una chuleta de cordero al cuello para que el perro juegue contigo.»

✿ «La cigüeña que te trajo debió de estrellarse al aterrizar.»

✿ «Seguro que cuando eras pequeño te ponían pañales en la cara.»

✿ «¿Es cierto que cuando naciste el médico pegó una paliza a tu madre?»

✿ «Tienes una cara muy original. ¿Cuántas veces te la han marcado?»

✿ «Me han dicho que eres tan feo que un día un mirón vomitó en tu ventana.»

✿ «No me menosprecies; nos hicieron con el mismo molde... Bueno, no... el tuyo se rompió cuando naciste.»

✿ «Tu problema es que te echaron a perder... ¿o toda tu familia huele así?»

✿ «He oído que iban a poner tu foto en un sello, pero decidieron no hacerlo porque la gente escupía en el lado contrario.»

☼ «Eres como un ángel caído del cielo. Es una lástima que cayeras de morros.»

☼ «Me recuerdas al mar. No porque seas romántico y salvaje, sino porque me haces vomitar.»

☼ «¿Cuántos años tenías cuando se te quemó la cara y tu padre intentó apagar el fuego con un martillo?»

☼ «Deberías dejar que te creciera el pelo... sobre la cara.»

☼ «Tienes una astilla en el hombro, ¿o eso es tu cabeza?»

☼ «Tienes una cara de esas que me hacen vomitar.»

☼ «¿No es una vergüenza que los primos se casen?»

☼ «Así que Blancanieves y Bobalicón tuvieron un hijo.»

☼ «Me han dicho que eras el perrito faldero del profesor porque no podía permitirse el lujo de tener un perro de verdad.»

☼ «¿Eso es tu nariz, o estás comiendo un plátano?»

☼ «Cuando te miro a los ojos lo único que veo es la parte de atrás de tu cabeza.»

☼ «Es un santo... un san bernardo.»

☼ «Deberías estar en un escenario... pero no en éste.»

Consejos para contar chistes

☼ Adáptate a tu público. No cuentes chistes verdes a un grupo de señoras mayores en una iglesia. (Sin embargo, puede que quieran oír ese tipo de chistes cuando celebren una fiesta.) Y no cuentes chistes de niños a marineros borrachos.

☼ En el humor el efecto sorpresa es muy importante, así que cuenta la parte divertida del chiste rápidamente al final. No la estropees con cháchara innecesaria.

☼ Algunas personas tienen el sentido del humor menos desarrollado que otras. A esas personas yo las llamo deficientes en humor. Apiádate de ellas, pero respétalas. Si alguien no se ríe de tus chistes no le martirices. Guarda los chistes para la gente que sepa apreciarlos. Cuando hagas magia para deficientes en humor céntrate en la magia y olvídate del humor.

✳ Recuerda que los animales no tienen sentido del humor. Estás perdiendo el tiempo intentando hacer reír a tu perro. (Esa sonrisa que ves es sólo de felicidad.)

Un sabio dijo una vez: «Cuando vas andando por la calle y ves que un tipo se cae es una comedia. Cuando vas andando por la calle y el que se cae eres tú es una tragedia». (No recuerdo por qué quería contártelo, pero me parece importante.)

CAPÍTULO CUATRO
Trucos de cartas

Los trucos de cartas son perfectos para un joven mago como tú. Hay cientos de trucos estupendos que puedes hacer sin mucha práctica. (En este capítulo te enseñaré trece.) Otra de las razones por la que los trucos de cartas son tan oportunos es que no exigen accesorios especiales. Seguro que tienes una baraja de cartas en casa; si no, puedes comprar una por poco dinero en cualquier juguetería, supermercado o centro comercial.

Por cierto, ¿sabes por qué los animales del arca de Noé no hacían trucos de cartas? Porque Noé no se despegaba nunca de la baraja. *(¡Tachán!)* [*N. de la T.:* En inglés, *deck*, «baraja», también significa «cubierta de barco».]

Corazones, diamantes y pelusa del ombligo

Ilusión

Pones dos cartas en medio de una baraja y aparecen en la parte de arriba.

Materiales

Una baraja de cartas
Un trozo de pelusa

Preparación

Saca el ocho de diamantes, el siete de corazones, el siete de diamantes y el ocho de corazones de una baraja de cartas. Pon el ocho de diamantes y el siete de corazones boca abajo en la parte de arriba de la baraja sin que el público te vea hacerlo.

Coge la baraja con una mano y el siete de diamantes y el ocho de corazones con la otra.

Cómo hacer este truco

1. Muestra al público el siete de diamantes y el ocho de corazones. No dejes que los vean mucho tiempo, pero tampoco lo hagas precipitadamente. De una forma relajada y natural pon ambas cartas en medio de la baraja.

«En el campo de la ciencia se están realizando grandes descubrimientos. Por ejemplo, los científicos acaban de comprobar que la pelusa del ombligo es magnética. Las cartas que les he enseñado tienen unas partículas de hierro. La pelusa de mi ombligo encontrará esas partículas y llevará las dos cartas a la parte superior de la baraja.»

2. Saca un trozo de pelusa de tu ombligo o enseña al público un trozo de pelusa y comenta que es de tu ombligo. (Yo utilizo pelusa, pero puedes usar cualquier cosa: una bola de pelo de tu gato, cera de los oídos o un trozo de queso. Si usas algo repugnante asegúrate de que tus padres no te vean. No creo que les haga gracia ver cómo te metes el dedo en la nariz en público.)

3. Pon la pelusa sobre la baraja de cartas. Actúa como si intentaras subir el siete de diamantes y el ocho de corazones a la parte de arriba. Luego finge que has notado un movimiento rápido.

«¡Ajá! ¡Me parece que ha funcionado!»

4. Haz un gesto mágico o di unas palabras mágicas. (Si te sientes tentado a usar el consabido *abracadabra* consulta la lista de palabras mágicas divertidas de la página 20.)

Luego levanta las dos cartas de arriba (el ocho de diamantes y el siete de corazones) y muéstraselas al público. La mayoría de la gente no recordará que las dos primeras cartas que les mostraste eran el siete de diamantes y el ocho de corazones. Creerán que esas dos cartas han subido por arte de magia a la parte superior de la baraja.

Es asombroso lo bien que funciona este truco. Los dos pares de cartas parecen similares, y por lo tanto la gente supone que son las mismas. Es muy importante que no hagas dos veces este truco al mismo público. La segunda vez prestarán mucha más atención.

Hacer trampas con las cartas es muy fácil

Ilusión

Tu tío Schloimy corta una baraja de cartas y saca los cuatro ases.

Materiales

Una baraja de cartas

Preparación

Pon los cuatro ases boca abajo en la parte de arriba de la baraja sin que nadie te vea hacerlo.

Cómo hacer este truco

«Todo el mundo cree que es difícil hacer trampas con las cartas, pero no hay nada más fácil. Cualquier idiota puede hacerlo.»

1. Da la baraja de cartas a tu tío Schloimy. (Si no está disponible dásela a cualquier otro.)

«¿Y tú qué? ¡Tú sí que pareces un idiota!»

2. Agarra a tu tío del brazo.

«No me pegues, por favor. Sólo era una broma.»

3. Di a tu tío que corte la baraja de izquierda a derecha en cuatro montones. Cuando lo haga la parte inferior de la baraja debería quedar a la izquierda (el montón A de la ilustración) y la parte superior a la derecha (el montón D de la ilustración).

los 4 ases arriba

A B C D

4. Dile a tu tío que coja el montón A, pase las tres cartas de arriba a la parte de abajo y ponga una carta de la parte de arriba en cada uno de los montones restantes.

«¿Lo ves? Ya eres un gran tahúr.»

5. Di a tu tío que repita el paso 4 con los montones B, C y D.

> «Muy bien. Yo en tu lugar cogería el primer avión para Las Vegas y me jugaría la fortuna de la familia. Nos haríamos ricos todos.»

Cuando termine con el montón D, las tres cartas que ha puesto en él de los otros montones quedarán en la parte de abajo, y los cuatro ases estarán en la parte de arriba de los cuatro montones.

> «Como has visto yo no he tocado las cartas. Las has cortado tú mismo en cuatro montones. Vamos a ver si lo has hecho bien. Al principio te he hablado de lo fácil que era hacer trampas con las cartas. ¡Y mira qué bien te ha salido sin intentarlo siquiera!»

6. Da la vuelta a la carta de arriba de cada montón para revelar los cuatro ases.

El último truco es muy sencillo, ¿verdad? Si quieres que resulte más emocionante, mezcla y corta la baraja con estos movimientos especiales.

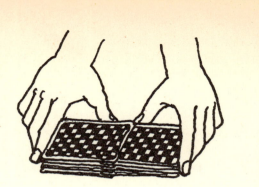

Peinado

Para empezar divide la baraja por la mitad. Coge una mitad boca abajo con cada mano.

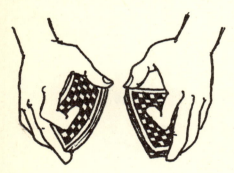

Sujeta los extremos de las cartas con los índices y pasa los pulgares por los bordes de forma que se entrelacen al caer sobre la mesa. Asegúrate de que los ases sean las últimas cuatro cartas que caigan. Vuelve a unir las dos mitades de la baraja.

Puedes peinar las cartas todas las veces que quieras siempre que los cuatro ases sigan estando en la parte de arriba de la baraja.

Corte falso

Pon la mitad superior de la baraja en la mesa con la mano izquierda. Luego coloca la mitad inferior a la izquierda de la mitad superior con la misma mano.

Después coge la mitad superior (el montón de la derecha) con la mano derecha y ponla sobre la mitad inferior (el montón de la izquierda).

Aunque no has mezclado las cartas en ningún momento, la gente creerá que lo has hecho con tanto movimiento de manos.

Doble inversión

Ilusión

Un trozo de queso hace que una carta aparezca en un lugar concreto de una baraja.

Materiales

Una baraja de cartas
Un trozo de queso

Cómo hacer este truco

1. Te han contratado para actuar en una fiesta de cumpleaños. Da las cartas al niño del cumpleaños y dile que las mezcle.

2. Cuando el niño te devuelva las cartas ábrelas en abanico boca arriba.

> «¡Qué bien has mezclado las cartas! ¿Has pensado alguna vez en trabajar en una oficina de correos?»

3. Mira la última carta (la del extremo izquiero) y memorízala. (Supongamos que es el as de corazones.) Luego cierra la baraja y ponla boca abajo de forma que el as de corazones quede en la parte de arriba.

> «Los cristales son muy populares entre los hippys, los seguidores de la nueva era y los chiflados como yo. La gente lleva cristales alrededor del cuello y los pone debajo de la almohada porque cree que dan armonía y orden a todo lo que tocan. Pero pocos saben que no es lo único que puede hacer esto. Otra de las cosas que tiene propiedades mágicas es el queso. Cuando se pone queso en una baraja de cartas las reordena con una armonía perfecta.»

4. Pon un trozo de queso sobre la baraja de cartas. Acerca la oreja al queso y finge que escuchas algo.

> «El queso está haciendo su trabajo. Mientras estoy hablando las cartas se están reordenando solas. Muy bien. Creo que ya han terminado. Ahora deberíamos ser capaces de encontrar cualquier carta deletreando su nombre. Vamos a buscar por ejemplo el as de corazones. Si saco una carta por letra al deletrear a-s-d-e-c-o-r-a-z-o-n-e-s, debería aparecer el as de corazones cuando llegue a la letra s.»

5. Quita el queso y saca una carta por letra de la parte de arriba de la baraja mientras deletreas *a-s-d-e-c-o-r-a-z-o-n-e-s* en voz alta. No olvides sacar las cartas boca abajo. Al acabar tendrás un pequeño montón de trece cartas sobre la mesa. Y como has invertido el orden de las cartas al sacarlas el as de corazones estará en la parte de abajo del montón pequeño. Pero al público le vas a decir otra cosa.

«El as de corazones es la carta de arriba.»

6. Da la vuelta a la carta de arriba del montón pequeño. No es el as de corazones, por supuesto. Ponla boca abajo de nuevo.

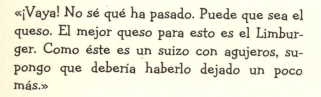

«¡Vaya! No sé qué ha pasado. Puede que sea el queso. El mejor queso para esto es el Limburger. Como éste es un suizo con agujeros, supongo que debería haberlo dejado un poco más.»

7. Coge el montón pequeño y vuelve a ponerlo en la parte de arriba de la baraja. El as de corazones es ahora la decimotercera carta de la baraja. Pon el queso sobre la baraja unos segundos más.

«Muy bien, ya debería valer.»

8. Quita el queso y ofrece la baraja al niño del cumpleaños.

«¿Por qué no lo intentas tú ahora? Saca una carta por letra mientras deletras a-s-d-e-c-o-r-a-z-o-n-e-s.»

9. Esta vez la última carta que saque el niño (la decimotercera) será el as de corazones.

«¿Lo ves? Hasta el queso suizo normal hace cosas mágicas. Y lo mejor de usar queso en vez de cristales es que nunca paso hambre.»

10. Coge el queso y ofrece un poco al niño del cumpleaños y a los demás.

Mientras practiques la «Doble inversión» intenta abrir la baraja en abanico y memorizar la última carta de una forma relajada y natural para que el público no sospeche. Además, tendrás que concentrarte en esa carta durante medio segundo para poder recordarla más tarde. No sabría decirte cuántas veces he mirado yo una carta y luego se me ha olvidado. (No sabría decírtelo porque también he olvidado eso.)

Para que el truco te salga bien con cualquier carta, intenta memorizar diferentes cartas y deletrearlas mientras saques una carta por letra y las dejes boca abajo sobre la mesa. Cada vez que lo hagas vuelve a poner el montón pequeño en la parte de arriba de la baraja y saca las cartas de nuevo. Continúa practicando hasta que la carta que hayas memorizado aparezca nueve o diez veces seguidas.

Si no tienes queso a mano haz el truco con cualquier otra cosa: un accesorio de una aspiradora, un plátano, un sacacorchos o la cabeza de una Barbie. Si usas por ejemplo la cabeza de una muñeca puedes levantarla al final del truco y decir: «Dos cabezas valen más que una». Cojas lo que cojas —y digas lo que digas— actúa como si creyeras realmente que el objeto es mágico.

La mano sensible

Ilusión

Metes la mano en una bolsa de papel y reconoces una carta por el tacto.

Materiales

Unas tijeras
Una bolsa de papel
Una baraja de cartas

Preparación

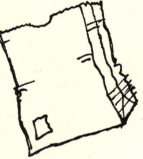

Abre la bolsa de papel y recorta un agujero pequeño en la parte inferior de la esquina izquierda. Vuelve a cerrar la bolsa.

Cómo hacer este truco

1. Elige a un voluntario del público y dile que mezcle la baraja de cartas.

«Mientras nuestro amigo mezcla las cartas me gustaría contarles un pequeño secreto: Cuanta más magia hagan, más sensibles serán sus manos. Se debe a las prácticas que hacemos los magos. Mis manos son tan sensibles que si me vendan los ojos y me las ponen delante de un espejo puedo decirles qué se refleja en el espejo. Si meto las manos en un vaso de vino puedo decirles en qué año se recogieron las uvas. Si me tapan la nariz y me rodean las manos de humo puedo decirles si el humo es de un cigarrillo, de un puro o de su pelo que se está quemando.»

2. Abre la bolsa de papel y ponla boca abajo para que el público vea que no hay nada dentro. Mientras hagas el truco el agujero de la bolsa debe quedar hacia ti.

3. Pide al voluntario que meta la baraja en la bolsa.

«Has mezclado las cartas muy bien. ¿Ahora podrías volver a ponerlas como estaban? No, hombre. Sólo era una broma. Pon la baraja en esta bolsa de papel, por favor. Observen que no he tocado las cartas y no he hecho nada con ellas. Y ahora les diré el nombre de una carta sólo tocándola. Para que no crean que estoy mirando dentro de la bolsa, la levantaré mientras meto la mano y cojo una carta.»

4. Sube la bolsa a la altura de los ojos, mete en ella la mano y coge una carta.

Mueve la carta para poder ver una esquinita a través del agujero de la bolsa y luego di al público qué carta es.

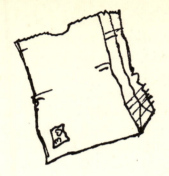

«Ya tengo una. Veamos... uno, dos, tres... y son corazones. ¡Es el tres de corazones!»

5. Saca la carta de la bolsa, muéstrasela al público y déjala sobre la mesa.

6. Repite los pasos 4 y 5 hasta que la gente comience a aburrirse.

«Voy a hacerlo de nuevo. Esta vez estoy tocando una Q. ¿Una Q? Ah, claro, debe de ser una reina... ¡la reina de picas! Y éste es el siete de diamantes. ¡Tachán! No está mal, ¿eh?»

7. Saca el resto de las cartas de la bolsa y arrúgala para que no se vea el agujero.

«No quiero manchar nada, así que me meteré la bolsa en el bolsillo. ¿Qué es esto? ¿Me ha puesto alguien un plátano en el bolsillo? Ah, sí es mi bolígrafo...»

(La gracia está en que se supone que tienes las manos muy sensibles pero eres incapaz de distinguir un bolígrafo de un plátano por el tacto.)

La carta clave

Éste es un buen momento para hablarte de las cartas clave, que sirven para encontrar las cartas elegidas por los voluntarios. Cuando sepas cómo utilizar una carta clave podrás hacer docenas de trucos.

Es muy sencillo: Después de mezclar una baraja mira disimuladamente la carta de abajo. (Supongamos que es el as de corazones.) Ésa es la carta clave, que debes memorizar.

Abre la baraja en abanico boca abajo y pide a un voluntario que elija una carta y la mire. (Supongamos que es la reina de tréboles.) El voluntario no debería enseñarte la carta ni decirte cuál es. Cierra la baraja y dile que ponga la carta boca abajo en la parte de arriba de la baraja. Ahora la carta del voluntario es la primera de la baraja, y la carta clave la última.

Corta la baraja. (En otras palabras, divídela por la mitad y pon la mitad inferior sobre la otra mitad.) Ahora la carta clave (el as de corazones) está encima de la carta elegida (la reina de tréboles). Da igual cuántas veces cortes la baraja; la carta clave quedará siempre junto a la carta elegida. También puedes invitar al voluntario a cortar la baraja.

Abre las cartas en abanico boca arriba y busca la carta clave. La carta elegida será la de la derecha. Si la carta clave está en el extremo derecho la carta elegida será la del extremo izquierdo.

Ahora que sabes cuál es la carta elegida puedes anunciárselo al público o hacerla aparecer como quieras. Podrías cogerla directamente y decir: «¿Es ésta tu carta?». ¿Pero qué hay del estilo, la teatralidad y todo eso de lo que hemos hablado en el primer capítulo? Recuerda que eres un mago gracioso, y deberías revelar la carta elegida de una forma divertida. Con una carta clave puedes hacer muchos trucos divertidos, y por suerte para ti yo sé unos cuantos, que encontrarás en las siguientes páginas.

El veintidós

Ilusión

Encontrarás la carta que elija un voluntario dividiendo la baraja por la mitad hasta que sólo quede una carta: la elegida.

Materiales

Una baraja de cartas
Una pluma

Cómo hacer este truco

1. Invita a David Copperfield a tu casa y dile que vas a enseñarle un truco fantástico. (Si está trabajando en Las Vegas pide a un amigo que le reemplace.)

2. Baraja las cartas y mira disimuladamente la de abajo. (Supongamos que es la jota de tréboles.) Ésa es la carta clave. Memorízala.

3. Abre la baraja en abanico boca abajo y dile a David Copperfield que elija una carta.

«Coge una muestra gratis, por favor.»

4. No debería enseñarte la carta ni decirte cuál es. (Supongamos que es el nueve de diamantes.) Cierra la baraja y dile que ponga la carta que ha elegido en la parte de arriba. Ahora su carta es la primera de la baraja, y la carta clave la última.

«Voy a cortar la baraja unas cuantas veces para que tu carta quede en el medio pero no sepamos dónde.»

5. Corta la baraja. (Divídela por la mitad y pon la mitad inferior sobre la otra mitad.) Ahora la carta clave (la jota de tréboles) está encima de la carta elegida (el nueve de diamantes).

6. Corta la baraja unas cuantas veces más.

«Ahora encontraré tu carta.»

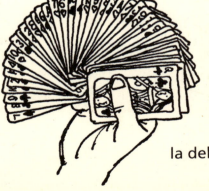

7. Abre la baraja en abanico boca arriba y busca la carta clave. La carta elegida será la de la derecha. Si la carta clave está en el extremo derecho la carta elegida será la del extremo izquierdo.

«Mmm... me parece que he cortado las cartas demasiado bien, pero la encontraré.»

8. Empezando por la carta elegida (es decir, contándola como la carta número uno) cuenta disimuladamente veintidós cartas hacia la izquierda. Si no hay suficientes cartas a la izquierda de la carta elegida sigue contando desde la derecha. Divide la baraja entre las cartas número veintidós y veintitrés y pon las cartas de la mano izquierda sobre las de la mano derecha.

Ponlas en la parte de arriba de la baraja

Si la carta número veintidós es la del extremo izquierdo deja la baraja como está. Lo que debes hacer en este paso es asegurarte de que la carta elegida sea la número veintidós comenzando por abajo.

«Esto no funciona, pero tengo una idea mejor. ¿Han oído hablar de la ruleta rusa? Es un juego en el que un par de idiotas ponen una bala en la recámara de una pistola y hacen turnos para ponerse la pistola en la cabeza y apretar el gatillo. Al que le toca la bala pierde y se muere. Yo puedo ser estúpido, pero no tanto, así que he ideado una versión inteligente de la ruleta rusa. Se llama la ruleta mágica, y se juega con cartas. Y lo mejor de todo es que el que pierde no resulta herido; sólo le hacen cosquillas.»

9. Cierra la baraja y ponla boca abajo. Reparte todas las cartas en dos montones empezando por David Copperfield.

«Como verás estoy repartiendo todas las cartas, así que la tuya debe estar entre ellas. Coge tu montón de cartas y dime si ves la que has elegido. Si la encuentras podrás hacerme cosquillas con esta pluma. Si no la encuentras yo te haré cosquillas a ti.»

10. Levanta la pluma mientras David (a estas alturas deberíais trataros por el nombre de pila) busca la carta que ha elegido y no la encuentra.

«No la ves, ¿eh? Vamos a hacer una cosa. Como soy muy generoso voy a darte otra oportunidad. Retira tus cartas y compartiré las mías contigo.»

11. Mientras David retira sus cartas, coge las tuyas y repártelas en dos montones empezando por él.

«Ahora coge el montón que te acabo de dar y mira si está tu carta. Sigues sin verla, ¿eh? Debería empezar a hacerte cosquillas ahora mismo, pero soy tan bueno que voy a darte otra oportunidad.»

12. David retira sus cartas de nuevo, tú coges las tuyas y las repartes en dos montones comenzando por él. Luego él coge su montón, busca su carta y no la encuentra.

«¿Nada? Lo intentaremos una vez más.»

13. Repite el paso 12.

«¿Sigues sin ver tu carta? ¡Qué cosa más rara!»

14. Davey (ya sabes que sus amigos íntimos le llamán así) vuelve a retirar sus cartas.

15. Ahora sólo quedan tres cartas. Reparte una carta a Davey, una a ti y otra a él.

«Como verás tú tienes dos cartas y yo sólo tengo una. Espero por tu bien que la carta que has elegido sea una de las tuyas. Mira a ver. ¿No la tienes? Entonces debe de ser la mía.»

16. Da la vuelta a tu carta.

«Así es. Y ya sabes lo que quiere decir eso, ¿verdad? ¡Que voy a hacerte cosquillas!»

Hay una posibilidad entre un millón de que logres hacer este truco a David Copperfield, pero si lo consigues no le hagas demasiadas cosquillas. ¡Podría enfadarse y convertirte en guacamole!

Para el «Veintidós» es muy importante aprender a usar una carta clave. No hay nada más embarazoso que hacer todo el truco y dar la vuelta a una carta equivocada al final.

(Bueno, supongo que ir a la escuela en ropa interior o hacerse pis en los pantalones es más embarazoso, pero hacer mal este truco es también bastante embarazoso.) Además, me imagino que no querrás que te hagan cosquillas, ¿verdad?

Practica cada paso varias veces hasta que te salga bien y puedas recordar la carta clave todas las veces. Cuando estés practicando mira disimuladamente la carta de abajo después de barajar las cartas. Yo suelo echar un vistazo mientras cuadro la baraja golpeando el borde en la mesa. O abro las cartas en abanico después de mezclarlas y digo: «Yo creo que ya están».

También es importante memorizar la carta elegida. De vez en cuando te encontrarás con algún listillo que intentará ponerte en un aprieto y te dirá que has dado la vuelta a una carta equivocada. Si estáis los dos solos pídele que escriba el nombre de la carta. Si hay más gente dile al voluntario que muestre la carta a los demás antes de volver a ponerla en la baraja.

Otra parte de este truco que requiere mucha práctica es asegurarse de que la carta elegida es la número veintidós de la baraja. En primer lugar recuerda que la carta elegida estará a la derecha de la carta clave, no a la izquierda. Y en segundo lugar no olvides contar la carta elegida como la número uno cuando empieces a contar. Pon cara de desconcierto mientras cuentes las cartas para ti mismo. Arruga la frente, frunce los labios y sacude la cabeza. No muevas los labios al contar.

Por último, cuando repartas las cartas en dos montones mantén el tuyo en orden. Puedes ser tan descuidado como quieras con las cartas del voluntario, pero si las tuyas se desordenan el truco no funcionará.

Yo me rasco, tú te rascas

Ilusión

Tú eliges una carta de una baraja. Un voluntario elige una carta de otra baraja. Al final descubres que los dos habéis elegido la misma carta.

Materiales

Una toalla (opcional)
Dos barajas de cartas (con el dorso de diferente color si es posible)
Un plátano
Un libro de magia

Preparación

A mí me gusta hacer este truco disfrazado de gurú. (A veces también me pongo unas gafas y un bigote enorme, pero qué se yo.) Si quieres hacer lo mismo enróllate una toalla en la cabeza para que parezca un turbante e intenta hablar con acento indio.

Cómo hacer este truco

1. Pon las dos barajas de cartas y el plátano sobre la mesa.

«Este truco se llama "Yo eructo, tú eructas". Para que funcione tengo que aprender a hacerlo.»

2. Coge cualquier libro de magia que tengas en casa, por ejemplo éste. Ábrelo y simula que lo lees en voz alta.

«Veamos qué dice aquí. "No practiques los trucos. Revela el secreto después de hacer cada truco. Y si el público no lo entiende la primera vez repítelo tres o cuatro veces". Demasiado trabajo...»

3. Tira el libro por encima del hombro. (Mmm... después de todo quizá no deberías usar este libro.)

«Voy a hacer otro truco que se llama "Yo me rasco, tú te rascas". Como ven, delante de mí hay dos barajas de cartas y un plátano, que es muy importante. ¿Por qué? Pues porque es mi almuerzo.»

4. Tira el plátano por encima del hombro.

5. Elige a un voluntario del público y dile que coja una de las barajas.

«Muy bien. Ahora haz todo lo que yo haga.»

6. Junta las manos. Ráscate el sobaco. Métete el dedo en la nariz. Observa si el voluntario te imita.

«Mezcla tu baraja boca abajo, por favor. Yo haré lo mismo con la mía.»

7. Después de mezclar las cartas mira disimuladamente la carta de abajo de tu baraja. Ésa es la carta clave. Memorízala.

«Ahora vamos a cambiarnos las barajas. Hablando de cambiar... ¿Saben qué le cambiaría un pirata cojo a un carpintero? La pata de palo.»

8. Intercambia tu baraja con el voluntario. Extiende tu nueva baraja boca abajo sobre la mesa deslizando la parte de arriba hacia la derecha para formar una hilera de cartas superpuestas. Las cartas deben quedar en el mismo orden.

«Extiende tus cartas igual que yo.»

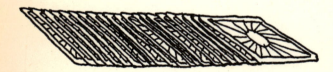

9. Pasa el dedo por la hilera de cartas y coge una del medio. Mírala sin enseñársela a nadie. No es necesario que la recuerdes.

«Coge una carta de tu baraja. Mírala y memorízala, pero no se la enseñes a nadie.»

(Esto lo dices porque no te interesa mostrar tu carta.)

10. Pon la carta que has elegido sobre la carta del extremo derecho de tu hilera.

«Pon tu carta en la parte de arriba de tu baraja como estoy haciendo yo.»

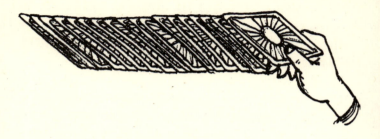

11. Cierra tu baraja con cuidado para que las cartas se mantengan en el mismo orden. Corta tu baraja tantas veces como quieras. (En cada corte divide la baraja por la mitad y pon la mitad inferior sobre la otra mitad.)

«Cierra tu baraja igual que yo y córtala todas las veces que quieras.»

Ahora la carta clave está sobre la carta que ha elegido el voluntario.

«Para asegurarnos de que no hay trampas vamos a cambiarnos las barajas de nuevo.»

12. Intercambia tu baraja con el voluntario.

«Busca la carta que has elegido en tu nueva baraja mientras yo hago lo mismo.»

13. Abre las cartas en abanico boca arriba y busca la carta clave. La carta elegida será la de la derecha. Si la carta clave está en el extremo derecho la carta elegida será la del extremo izquierdo. Coge la carta que ha elegido el voluntario y ponla boca abajo en la mesa. Quedará mejor que lo hagas tú antes que él.

«Pon tu carta boca abajo sobre la mesa. Sería una extraña coincidencia que la carta que he elegido yo fuese diferente a la que has elegido tú, ¿no te parece? Cualquier mago puede encontrar la misma carta, pero sólo un genio como yo puede encontrar una carta totalmente distinta a la que ha elegido un ignorante, quiero decir un principiante.

Veamos... Yo he mezclado mi baraja y tú la tuya. Yo me he rascado el sobaco y tú también. Los dos hemos elegido una carta y la hemos memorizado. Los dos hemos cortado nuestra baraja. Luego yo he puesto mi carta en la mesa y tú también. Yo estoy eructando ahora mismo —eup— y tú no. Vamos, eructa. Si no lo haces no sé si el truco funcionará.»

14. Coge las dos cartas.

«¿Ves como son diferentes?»

15. Da la vuelta a las cartas para demostrar que son iguales.

«¡Oh, no! ¿Cómo ha podido pasar esto? ¡Es mi ruina!»

Golpe rápido

Ilusión

Das un golpe a una baraja de cartas que sujeta un voluntario. Todas las cartas se caen al suelo excepto la que el voluntario ha elegido.

Materiales

Una baraja de cartas

Cómo hacer este truco

1. En tu clase se celebra una fiesta y tú decides hacer un truco mágico para tus compañeros. Mira a tu alrededor.

«Necesito un voluntario...»

Las manos se levantan.

«... que venga aquí y se baje los pantalones.»

Te aseguro que con esto se reirán. Ahora ya saben que eres un profesional. Por supuesto, debes añadir:

«Sólo era una broma.»

Si no lo dices nunca volverás a conseguir un voluntario.

2. Ahora señala a tu profesora.

«Usted parece la persona más adecuada para este truco. ¿Podría subir aquí para ayudarme?»

3. Mezcla la baraja de cartas boca abajo y luego mira la carta de abajo disimuladamente. (Supongamos que es el as de corazones.) Ésa es la carta clave. Memorízala.

4. Abre la baraja en abanico boca abajo y ofrécesela a tu profesora.

«Coja una muestra gratis, por favor, y enséñesela a todos excepto a mí.»

5. Cierra la baraja.

«Vuelva a poner la carta en la parte de arriba para que yo corte la baraja.»

6. Corta la baraja varias veces. (En cada corte divide la baraja por la mitad y pon la mitad inferior sobre la otra mitad.) Ahora la carta clave está sobre la carta que ha elegido tu profesora.

7. Abre las cartas en abanico boca arriba y busca la carta clave. La carta elegida será la de la derecha. Si la carta clave está en el extremo derecho la carta elegida será la del extremo izquierdo. Mientras miras pasa disimuladamente la carta elegida a la parte de arriba de la baraja. Luego di:

«Mmm... no me lo ha puesto nada fácil. ¿Es ésta su carta?»

Levanta una carta equivocada.

«¿No? Bueno, el dorso es igual que el de su carta. ¿Y ésta?»

Levanta otra carta equivocada.

«¿Tampoco? Tendré que buscar su carta de otra forma. Veamos... ya sé. Coja la baraja de esta manera.»

8. Forma un puño con los nudillos hacia un lado y ponte la baraja boca abajo entre el índice y el dedo corazón. Luego dale la baraja a tu profesora y dile que la coja como tú.

«Ahora sujete bien la baraja y no mueva el puño haga lo que haga.»

9. Da un golpe rápido y firme a la baraja. Al hacerlo todas las cartas excepto una saldrán volando. La carta que le quede a tu profesora entre los dedos será la que estaba en la parte de abajo de la baraja (el as de corazones, la que había elegido). No me preguntes por qué ocurre esto. Tiene que ver con algún principio científico que desconozco.

10. Disfruta de ese momento.

Tendrás que practicar este truco con otra persona. Mientras practiques ten en cuenta cómo debe sujetar la baraja el voluntario y con cuánta fuerza y rapidez tienes que darle tú el golpe. Si das un golpe demasiado suave la baraja se quedará en el puño del voluntario. Si das un golpe demasiado fuerte saldrán volando todas las cartas.

«Muestre la carta a todo al mundo, pero no deje que la vea yo ni me diga cuál es. Podría ser cualquier carta excepto... el as de corazones. Si es el as de corazones lo siento por usted, porque le pasarán cosas terribles. Perderá todo su dinero y su trabajo de profesora. Le saldrá un grano horroroso en la nariz y tendrá que dedicarse a hacer trabajos manuales porque...»

11. Ahora tus compañeros comenzarán a reírse, porque la profesora les está enseñando el as de corazones.

«Un momento... no será el as de corazones, ¿verdad?»

12. Coge la carta de tu profesora y mírala.

«Hablando de trabajos manuales, ahora tendrá que recoger todas esas cartas.»

13. Como es lógico, no vas a permitir que tu profesora recoja las cartas. No sería correcto. Añade inmediatamente:

«No se preocupe. Lo haré yo siempre que no tenga que limpiar luego los borradores. Pero podría hacer una pequeña inclinación. Yo también me inclinaré.»

14. Mientras te inclinas empieza a recoger las cartas.

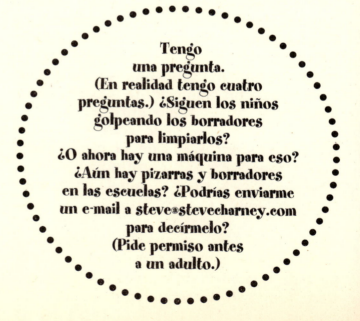

Tengo una pregunta. (En realidad tengo cuatro preguntas.) ¿Siguen los niños golpeando los borradores para limpiarlos? ¿O ahora hay una máquina para eso? ¿Aún hay pizarras y borradores en las escuelas? ¿Podrías enviarme un e-mail a steve@stevecharney.com para decírmelo? (Pide permiso antes a un adulto.)

Más trucos con cartas clave

He aquí tres formas más de hacer aparecer una carta elegida usando una carta clave. Utiliza tu imaginación para preparar la verborrea de estos trucos. E intenta inventar tus propios trucos con cartas clave.

Baraja de bolsillo

1. Mezcla una baraja de cartas boca abajo y luego mira la carta de abajo disimuladamente. Ésa es la carta clave. Memorízala.

2. Abre la baraja en abanico boca abajo y pide a alguien que elija una carta y la mire. (Supongamos que es el seis de diamantes.) El voluntario no debe enseñártela ni decirte cuál es. Cierra la baraja y dile que ponga la carta que ha elegido en la parte de arriba. Ahora la carta elegida es la primera de la baraja, y la carta clave la última.

3. Corta la baraja. (Divídela por la mitad y pon la mitad inferior sobre la otra mitad.) Ahora la carta clave está sobre la carta elegida.

4. Abre las cartas en abanico boca arriba y busca la carta clave. La carta elegida será la de la derecha. Si la carta clave está en el extremo derecho la carta elegida será la del extremo izquierdo. Pon disimuladamente la carta elegida en la parte de abajo de la baraja. (Aquí necesitarás un buen chiste para distraer al público.) Cierra la baraja.

5. Ponte la baraja en el bolsillo boca arriba. Pide al público que diga un número del tres al diez. (Supongamos que dice el cinco.) Mete la mano al bolsillo, saca cinco cartas una a una y ponlas boca abajo en un montón sobre la mesa. Saca las cuatro primeras cartas de la parte de arriba de la baraja y la quinta de la parte de abajo.

6. Da la vuelta a la quinta carta (la que ha elegido el voluntario). A la gente le parecerá que has sacado cinco cartas al azar de la baraja y que por arte de magia has hecho que la carta elegida aparezca la última.

Truco con gorra

1. Sigue los cuatro primeros pasos de «Baraja de bolsillo».

2. Pon la baraja de cartas en una gorra de béisbol. Coge la gorra por el borde y sujeta la baraja boca abajo en la parte interior. Ponte la gorra en la cabeza.

3. Di al público que la carta elegida es la oveja negra de la familia de cartas y que no le gusta mezclarse con las demás. Mientras dices esto da la vuelta a la gorra, sujeta la baraja y deja que caiga sólo la carta elegida.

Tengo algo en la cabeza

1. Sigue los cuatro primeros pasos de «Baraja de bolsillo».

2. Coge la baraja de forma que quede mirando hacia el público. Levanta despacio la baraja por delante de tu cara y chupa disimuladamente la carta elegida (supongamos que es el seis de diamantes) al pasarla por la boca. (El público no te verá hacerlo porque la baraja tapará tu boca.) Ponte la baraja en la frente. Apártate el pelo si es necesario.

3. Di: «Me estoy concentrando en la carta elegida... y ya tengo una carta en la cabeza».

4. Retira la baraja de la frente dejando la carta elegida, que se quedará pegada tras haberla chupado. Luego añade: «Sí, tengo algo en la cabeza... y es el seis de diamantes».

Como su nombre indica, una fuerza es lo que se utiliza para forzar a un voluntario a elegir una carta determinada. Sin embargo, el voluntario cree que tiene libertad para elegir. Conozco ocho fuerzas diferentes, pero si aprendes a utilizar una es más que suficiente. He aquí tres que puedes probar.

La fuerza del corte

Pon la carta que quieras que elija el voluntario en la parte de abajo de una baraja de cartas. Pon la baraja sobre la mesa, dale un par de tijeras al voluntario y dile que corte la baraja. Cuando la gente deje de reírse dile al voluntario que corte la baraja poniendo la mitad superior al lado de la mitad inferior. Luego dile que coja la mitad inferior y la ponga en sentido transversal sobre la otra mitad.

Habla durante un rato para que el público no piense en lo que acaba de hacer el voluntario. Por ejemplo puedes decir: «Este truco me lo enseñó Houdini. No Harry Houdini... Éste era un tipo muy bajito que no medía ni un metro. Le llamaban el Pequeño Houdini».

Después di al voluntario: «Por favor, levanta la mitad superior de la baraja y mira la carta que has cortado». Él creerá que está mirando la carta que ha cortado, pero en realidad será la carta que al principio estaba en la parte de abajo de la baraja.

Esta sencilla fuerza funciona bien siempre que se haga sólo una vez. Si la repites para el mismo público enseguida se darán cuenta de lo que estás haciendo.

La fuerza del desplazamiento

Es la que más suelo utilizar yo. Pon la carta que quieras que elija el voluntario en la parte de arriba de una baraja de cartas. Coge la baraja boca abajo con la mano izquierda y sujétala por arriba con la mano derecha. Los cuatro primeros dedos deben quedar en uno de los bordes cortos, y el pulgar en el otro.

Pide al voluntario que diga «basta» mientras peinas la baraja con el pulgar derecho. Cuando el voluntario diga «basta» deja de peinar las cartas y divide la baraja donde te hayas detenido. Levanta un

poco la parte de arriba de la baraja con la mano derecha como si abrieras un libro.

Sujeta la carta de arriba de la mano derecha con los dedos corazón, anular y meñique de la mano izquierda. Levanta todas las cartas de la mano derecha, excepto la de arriba, que pasarás al montón de la mano izquierda. Si lo haces con rapidez nadie se dará cuenta de tu maniobra.

Extiende el montón de cartas de la mano izquierda y dile al voluntario que coja la carta que ha cortado. Él creerá que está cogiendo la carta que ha cortado, pero en realidad será la que al principio estaba en la parte de arriba de la baraja.

La fuerza del desliz

Pon la carta que quieras que elija el voluntario en la parte de abajo de una baraja de cartas. Coge las cartas boca abajo con la mano izquierda con el dorso de la mano hacia arriba. Los cuatro primeros dedos deben sujetar uno de los bordes largos, y el pulgar el otro.

Pide al voluntario que escoja un número del uno al diez. (Supongamos que dice el ocho.) Desliza un poco la carta de abajo hacia ti con los dedos corazón y anular. (En la ilustración se ve la baraja mirándola desde la mesa.)

Con la mano derecha, saca la penúltima carta por abajo y ponla sobre la mesa. Hazlo seis veces más. La octava vez saca la carta de abajo. Parecerá que es la octava carta de la baraja comenzando por abajo, pero en realidad es la carta que al principio estaba en la parte de abajo de la baraja.

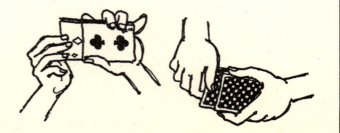

Mira hacia arriba

Ilusión

Harás que una carta elegida aparezca en el techo.

Materiales

Cola, cinta o masilla adhesiva
Dos barajas de cartas

Preparación

Pregunta a un adulto (tu madre, tu casero o tu carcelero) si puedes pegar cosas en el techo. Pega una carta en el techo con cola, cinta o masilla adhesiva. (Supongamos que es el rey de picas.)

Cómo hacer este truco

1. Dile a tu compañero de celda que escoja una carta.

2. Coge la baraja completa (no ésa en la que falta la carta que has pegado en el techo) y haz que tu compañero elija el rey de picas usando cualquiera de las fuerzas de las páginas 65-66.

3. Dile que vuelva a poner la carta en la baraja y mezcle las cartas.

4. Simula que intentas buscar la carta elegida. Saca una carta equivocada y enséñasela a tu compañero de celda.

«¿Es ésta?»

5. Repite el paso 4 varias veces actuando como si estuvieras cada vez más nervioso.

6. Finge que te das por vencido. Tira las cartas hacia la carta que has pegado en el techo. Mira hacia arriba mientras las cartas suben y vuelven a caer. Tu compañero también mirará hacia arriba, y verá la carta que ha elegido pegada al techo.

7. Luego sigue cavando el túnel por el que piensas fugarte.

Corazón inteligente

Ilusión

Adivinarás la carta que elija un voluntario tomándole el pulso.

Materiales

Una baraja de cartas
Un estetoscopio, un depresor u otro instrumento médico (opcional)

Cómo hacer este truco

1. Escoge a un voluntario.

2. Haz que elija una carta (por ejemplo el siete de tréboles) usando cualquiera de las fuerzas de las páginas 65-66.

3. Coge al voluntario por la muñeca (o la oreja, o la nariz, o métele el dedo en el ombligo).

«¿Sabías que estoy estudiando para ser médico y que voy a especializarme en las orejas, la nariz y el ombligo? Tomándote el pulso mientras cuento las cartas y los palos puedo adivinar qué carta has elegido.»

4. Cuenta las cartas empezando por el as.

«As... dos... tres... cuatro...»

5. Cuando llegues al siete deja de contar y mira al voluntario a los ojos.

«Sí... he notado un cambio en tu pulso. Tu carta es un siete, ¿verdad?»

6. Ahora di el nombre de los palos uno a uno.

«Corazones... picas... tréboles... diamantes... Un momento; vamos a volver hacia atrás. Tréboles... tréboles... tréboles. Sí, cada vez que digo "tréboles" tu pulso se acelera. Tu carta es el siete de tréboles. Enséñasela a todo el mundo, por favor.»

7. Si tienes al voluntario agarrado por la oreja, la nariz o el ombligo suéltale y límpiate la mano en su camisa.

«Ya verás cómo se te va a acelerar el pulso cuando te envíe la factura.»

Más trucos usando la fuerza

He aquí cinco formas más de «encontrar» una carta forzada. Pero no te limites a hacer lo que yo te diga; utiliza tu imaginación. Hay muchas maneras de usar las cartas forzadas. Puedes forzar siempre la misma carta y fingir que te enfadas cada vez que la eligen. Puedes romper una carta forzada y tener una igual escondida en alguna parte. Puedes pegar una carta forzada en la tapa del retrete para que el voluntario la vea cuando vaya al cuarto de baño. Haz todas las locuras que quieras; así demostrarás a la gente que eres un verdadero artista y te apartarás de la chusma.

En la bolsa

1. Usa una baraja completa de cartas y una carta de otra baraja (por ejemplo el as de corazones).

2. Pega disimuladamente el as adicional al envoltorio de una piruleta. Mete la piruleta en una bolsa de papel.

3. Escoge a un voluntario.

4. Haz que el voluntario elija el as de corazones usando cualquiera de las fuerzas de las páginas 65-66. Dile que se lo enseñe a todo el mundo excepto a ti y que lo vuelva a poner en la baraja.

5. Mezcla las cartas y méte las en la bolsa.

6. Di al público que vas a encontrar la carta elegida sin mirar dentro de la bolsa. Mete la mano y di: «Aquí hay algo pegajoso». Por último saca la piruleta con el as adicional pegado a ella.

Huellas dactilares

1. Escoge a un voluntario del público.

2. Dile que puedes adivinar qué carta ha elegido una persona mirando las huellas que ha dejado en la carta.

3. Examina las huellas del voluntario y simula que las memorizas.

4. Haz que el voluntario elija una carta usando cualquiera de las fuerzas de las páginas 65-66. Dile que se la muestre a todo el mundo excepto a ti y que vuelva a ponerla en la baraja.

5. Mezcla la baraja y abre las cartas en abanico boca arriba. Examínalas atentamente.

6. Coge una carta equivocada y enséñasela al voluntario. Di: «Las huellas no mienten. Sin lugar a dudas... ésta no es tu carta». Vuelve a poner la carta en la baraja.

7. Coge la carta elegida. Mírala y comenta: «Sí, ésta tiene tus huellas por todas partes».

Marioneta curiosa

1. Escoge a un voluntario del público.

2. Haz que elija una carta usando cualquiera de las fuerzas de las páginas 65-66. Dile que se la enseñe a todo el mundo excepto a ti.

3. Ponte una marioneta en la mano y haz que eche un vistazo a la carta elegida. Luego acércatela al oído para que te susurre qué carta es.

4. Pide perdón al público por hacer trampas.

Grabación mágica

1. Graba con antelación un minuto de música interrumpido por una voz profunda que diga: «La carta que has elegido es...» (di el nombre de la carta que quieras forzar).

2. Dile a un amigo que has aprendido un nuevo truco de cartas fantástico.

3. Haz que elija una carta usando cualquiera de las fuerzas de las páginas 65-66.

4. Dile que vuelva a poner la carta en la baraja.

5. Mezcla la baraja y abre las cartas en abanico boca arriba. Examínalas con atención.

6. Coge una carta equivocada y enséñasela a tu amigo. Hazlo varias veces.

7. Finge que te das por vencido. Tu amigo creerá que el truco no ha funcionado. Luego pregúntale si le apetece escuchar un poco de música.

8. Pon la grabación que tienes preparada.

Dedos pegajosos

1. Coge una baraja completa y una carta de otra baraja. La carta adicional debe ser muy parecida a las cartas de la baraja completa.

2. En un restaurante, en la escuela o donde quieras, pon disimuladamente la carta adicional en el bolsillo, la mochila o el libro de un amigo.

3. Haz que tu amigo elija la carta similar a la carta adicional usando cualquiera de las fuerzas de las páginas 65-66.

4. Dile que vuelva a poner la carta en la baraja, la mezcle y te la devuelva.

5. Coge una carta equivocada y enséñasela a tu amigo. Hazlo varias veces.

6. Luego pregúntale: «¿No tendrás tú la carta, verdad? ¿Podrías mirar en tu (bolsillo, mochila, libro o lo que sea)?».

Capítulo cinco
Trucos adivinatorios

Algunos tipos creen que la gente puede hacer cosas mágicas como leer la mente, flotar en el aire y doblar cucharas porque tiene poderes. Normalmente lo creen porque lo han visto con sus propios ojos o han oído hablar de esos «milagros» a gente en la que confían.

Lo que quizá no sepan esos tipos es cuánto se esfuerzan algunos para engañar a los demás. Algunos estafadores se pasan la vida perfeccionando el arte de mentir y hacer trampas. Piensa en ello: Si hay gente que pasa años aprendiendo a tocar el piano también puede hacer lo mismo para engañar a los demás; y de hecho lo consigue.

Los estafadores tienen éxito porque la gente quiere creer en la magia. Si alguien quiere creer en la telepatía, por ejemplo, no es difícil convencerle de que eres telepático. No estoy diciendo que sea posible o no. Lo que quiero decir es que muchos de nosotros debe-ríamos ser más desconfiados de lo que somos.

Los magos saben lo fácil que es engañar a la gente, y por lo tanto suelen ser desconfiados. Algunos magos como James Randi y Harry Houdini se dedicaron a desenmascarar a los estafadores. Lee los libros de Randi y Houdini; te encantarán las fascinantes historias de cómo descubrieron a gente que había estado engañando al público durante años. Resultaba que esos tipos sólo hacían trucos mágicos.

¿Qué diferencia hay entre un estafador y un mago? Los estafadores mienten; hacen creer a la gente que sus trucos son reales. Los magos entretienen; se aseguran de que el público sepa que sus trucos son una forma de pasar un buen rato. (Tú dirás que haces magia simplemente para divertir a la gente, ¿verdad?)

Dejar a un lado tus dudas para disfrutar de un espectáculo de magia está bien. Pero ser un ingenuo no. Así que no te creas todo lo que veas y oigas. Y tampoco te creas todo lo que pienses. Fin del discurso.

El mejor truco de telepatía de todos los tiempos

Ilusión

Leyendo tu mente, un voluntario pone todas las cartas rojas de una baraja en un montón y todas las cartas negras en otro montón sin mirar las cartas.

Materiales

Una baraja de cartas

Cómo hacer este truco

1. Haz este truco en una fiesta. Elige a un invitado para que te ayude.

«¿Crees en la telepatía? ¿En el sexto sentido? ¿Y en el séptimo cielo? No debería hacer bromas. Después de todo éste es un asunto serio. Voy a hacer un experimento con el que comprobaremos si es posible leer la mente.»

2. Mientras hablas con tu víctima —quiero decir con el voluntario—, abre la baraja en abanico hacia ti. De una forma relajada y natural pon todas las cartas negras en la parte

de abajo de la baraja y todas las cartas rojas en la parte de arriba. Con la expresión de tu cara y los movimientos de las manos simula que estás colocando las cartas en un orden que sólo tú conoces. No dejes que el voluntario vea la parte delantera de las cartas.

«Estoy poniendo estas cartas en un orden que sólo conozco yo. Luego tú leerás mi mente para averiguar qué orden es ése.»

3. Cierra la baraja y dásela al voluntario boca abajo.

«Ahora coge las cartas despacio una a una y, sin mirarlas, decide si cada carta es roja o negra. Si es negra ponla a la izquierda en la mesa delante de ti. Si es negra ponla a la derecha. Yo me concentraré con todas mis fuerzas y pensaré en el orden de las cartas para que puedas leer mi mente y elegir correctamente. Tú también debes concentrarte, pero no pienses demasiado. Déjate llevar por tu intuición.»

4. Mientras el voluntario pone las cartas sobre la mesa cuéntalas disimuladamente sin dejar de fingir que estás muy concentrado. Detenle cuando ponga en la mesa la carta número veintiséis.

«Muy bien, ya basta. Lo estás haciendo muy bien.»

Las veintiséis cartas de la parte de arriba de la baraja eran todas negras, así que hasta ahora el voluntario ha puesto todas las cartas negras en dos montones sobre la mesa. Sin embargo, todo el mundo creerá que ha puesto las cartas negras en un montón y las rojas en el otro.

«Los científicos han descubierto recientemente que el cerebro está dividido en dos lados: el derecho y el izquierdo. Para tener el máximo poder mental es importante usar los dos lados, lo cual nos lleva a los conceptos chino del yin y el yang. En realidad no sé de qué estoy hablando, pero sí sé que debes hacer lo contrario de lo que estabas haciendo. Debajo de los montones que acabas de hacer crea dos más. Esta vez pon las cartas negras a la derecha y las rojas a la izquierda.»

5. El voluntario pone el resto de las cartas en otros dos montones. Las veintiséis cartas de la parte de abajo de la baraja eran todas rojas, así que ahora ha puesto todas las cartas rojas en dos montones sobre la mesa. Una vez más, todo el mundo creerá

que ha puesto las cartas negras en un montón y las rojas en el otro. Si diésemos la vuelta a los montones esto es lo que vería el voluntario:

Si quieres confundir al público, en cualquier momento de este paso coge una carta que el voluntario acabe de poner en el montón «negro», dale la vuelta y pásala al montón «rojo» mientras dices:

«Lo siento, ésta es roja.»

6. Aunque el voluntario haya intentado leer tu mente y separar la baraja en montones negros y rojos, es muy probable que piense que cada montón es una mezcla de cartas rojas y negras.

«Veamos cómo lo has hecho.»

Dile que dé la vuelta a los dos montones de su izquierda. Mientras tanto tú darás la vuelta a los dos montones de la derecha y los cambiarás disimuladamente. Esto es lo que verá ahora el voluntario:

Ahora las cartas están ordenadas como se supone que deben estar.

Éste es el mejor truco que conozco. He tenido a mucha gente despierta noches enteras intentando comprenderlo. Algunos han llegado a creer que hacía telepatía de verdad. Este truco es tan bueno que estuve a punto de no incluirlo en *Abracadabra* porque no quería desvelar el secreto. Ahora la gente a la que he engañado sabrá cómo se hace. Y mi reputación como experto en leer la mente se irá al traste. ¡Qué se le va a hacer!

Consejo práctico

El paso 6 (dar la vuelta a los montones) es la parte más difícil de este truco. Asegúrate de que todo el mundo preste atención a los montones del voluntario antes de cambiar y dar la vuelta a los tuyos. Si el voluntario es lento dale uno de sus montones y pide a otro invitado que dé la vuelta al otro. Pon las manos sobre los montones que vas a cambiar para que nadie los coja accidentalmente.

Mientras la gente esté mirando los montones del voluntario coge los tuyos y cámbialos de una forma relajada y natural. No te precipites.

Practica este paso hasta que lo hagas con soltura. Si alguien te ve cambiar los montones estarás acabado.

El hechicero

Ilusión

Un voluntario elige una carta de un baraja. Tú llamas por teléfono a un hechicero, que le dice al voluntario qué carta ha elegido.

Materiales

Una baraja de cartas
Un teléfono (preferiblemente con altavoz)

Preparación

Busca un cómplice (un ayudante que participe en el truco). Vamos a suponer que tu cómplice se llama Bob. (Mi amigo Bob y yo hemos hecho juntos este truco durante años. Unas veces el hechicero era él y otras yo.) Explica a Bob la primera parte del truco.

«Bob, ¿quieres ayudarme a hacer un truco mágico esta tarde? Primero haré que un voluntario elija una carta, luego te llamaré por teléfono y tú le dirás qué carta ha elegido. Esto es lo que haremos: Yo te llamaré alrededor de las cuatro, así que procura estar cerca del teléfono. Di a todo el mundo en casa que estás esperando una llamada en la que preguntarán

por "el hechicero". Quien coja el teléfono debe pasártelo inmediatamente. En cuanto te pongas al aparato empieza a contar despacio las cartas de una baraja: "As... dos... tres... cuatro... cinco... seis... siete... ocho... nueve... diez... jota... reina... rey". Cuando digas la carta correcta te interrumpiré con: "¿Eres tú, hechicero?". Luego empieza a enumerar los palos: "Tréboles... corazones... diamantes... picas". Cuando digas el palo correcto te interrumpiré de nuevo con: "Voy a ponerte a alguien al teléfono. ¿Puedes decirle a mi amigo qué carta ha elegido?". Entonces le pasaré el teléfono y tú le dirás el nombre de la carta con una voz profunda y misteriosa. Después colgarás.»

Explica a Bob la segunda parte del truco.

«Si el voluntario quiere repetir el truco lo haremos de otro modo. Esta vez haré que elija una carta concreta: el tres de diamantes. Luego te llamará y tú le dirás con voz de hechicero que la carta que ha elegido es el tres de diamantes.»

Cómo hacer este truco

1. Unos cuantos amigos están en tu casa admirando tu moto nueva. (¡Sigue soñando!) Diles que antes de dejarles dar una vuelta en ella quieres presentarles a un hechicero.

2. Extiende la baraja de cartas boca arriba sobre la mesa. (Véase p. 58.) Pide a uno de tus amigos que elija una carta y deja claro que tiene libertad para elegir. Mira qué carta es para recordarla. (Supongamos que es el cinco de corazones.)

«Ahora vamos a llamar a un colega mío, un hechicero, que te dirá por arte de magia qué carta has elegido.»

3. Llama a Bob. Da igual quien responda di:

«¿Está ahí el hechicero?»

Si el que responde no es Bob espera a que se ponga al aparato. En cuanto coja el teléfono empezará a contar las cartas en voz alta.

«As... dos... tres... cuatro... cinco...»

4. Tú le interrumpes.

«¿Eres tú, hechicero?»

5. Ahora Bob sabe que la carta elegida es un cinco y empezará a enumerar los palos.

«Tréboles... corazones...»

6. Le vuelves a interrumpir.

«Voy a ponerte a alguien al teléfono. ¿Puedes decirle a mi amigo qué carta ha elegido?»

7. Dale el teléfono a tu amigo. Si tiene altavoz conéctalo para que todo el mundo pueda oír. Entonces el hechicero dirá el nombre de la carta con una voz profunda y misteriosa.

«Soy un gran hechicero que todo lo sabe y todo lo ve, y también soy un gran cocinero. Tu carta es... el cinco de corazones.»

8. El público lanza un grito de admiración y te pide que vuelvas a repetir el truco.

9. Haz que el voluntario elija el tres de diamantes usando cualquiera de las fuerzas de las páginas 65-66.

10. Ofrece el teléfono al voluntario. Si tiene altavoz conéctalo.

«Esta vez puedes llamar tú mismo al hechicero. Toma, te marcaré el número.»

11. Bob se pone al teléfono.

«Soy el gran hechicero. ¿Por qué no dejas de molestarme? ¡Tu carta es el tres de diamantes!»

12. La gente lanza otro grito de admiración con más entusiasmo que la primera vez.

Lo que hace que este truco funcione tan bien es que la primera vez dejas que el voluntario elija la carta que quiera y la segunda haces que elija una carta concreta. De esa manera nadie sospechará lo que estás haciendo.

Consejo práctico

En la primera parte del truco, cuando Bob cuente las cartas y los palos, debe hacerlo despacio para que al interrumpirle quede claro cuál es la carta elegida. Para asegurarte de que te ha entendido bien puede decirte el nombre de la carta antes de pasarle el teléfono al voluntario. Si usas un altavoz dile a Bob cuándo vas a conectarlo para que no diga ninguna tontería.

Elección mágica

Ilusión

Predecirás correctamente el objeto que elija un voluntario.

Materiales

Dos trozos de papel
Un rotulador
Un libro que no le interese a nadie
Unas tijeras
Un trozo de cartón
Cinta adhesiva
Un sobre grande
Un cepillo de dientes
Un plátano
Una toalla (opcional)
Unas gafas divertidas (opcional)

Preparación

Escribe en un trozo de papel: «En mi vasta grandeza sabía que elegirías este cepillo de dientes. El Gran Stevini». Naturalmente, si tu nombre es Susan firmarás como «La Gran Susini», y si te llamas George como «El Gran Georgini». En otras palabras, añade a tu nombre la terminación «ini». Así el público sabrá que eres un gran mago como Houdini, Slydini y Linguini. (En realidad son dos grandes magos y una pasta muy rica.)

Abre el libro por la primera página y escribe: «En mi vasta grandeza sabía que elegirías este libro. El Gran Stevini» (o Penelopini, Melvini o Akbarini).

Recorta el cartón en forma de flecha y escribe en un lado. «Flecha de la predicción».

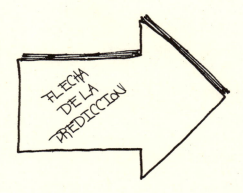

En el otro lado escribe: «En mi vasta grandeza sabía que elegirías este plátano. El Gran Stevini» (o Santa Clausini o Pascualini). Pega el segundo trozo de papel con cinta adhesiva encima de esta predicción.

Escribe en el sobre: «Predicción». Mete dentro el primer trozo de papel, el libro, la flecha, el cepillo de dientes y el plátano.

Cómo hacer este truco

1. Saca del sobre todos los objetos excepto el primer trozo de papel. Ponlos sobre la mesa. Cierra el sobre y déjalo a un lado.

> «Mucha gente me pregunta: "Si eres un gran mago puedes predecir el futuro, ¿verdad?" Por supuesto que sí. Anoche sin ir más lejos entré en un profundo trance para ver el futuro. Estaba con mi turbante y mis gafas...»

2. Si quieres ponte una toalla alrededor de la cabeza como un turbante y unas gafas divertidas.

> «... y me vi a mí mismo en esta sala contigo... contigo... y contigo.»

3. Elige a alguien del público, fíjate en su aspecto e introdúcelo en tu guión.

> «Alguien con una camisa azul y el pelo corto subía al escenario y... ¡Dios mío, eras tú!»

4. Mira y señala a la persona que hayas elegido.

> «En mi visión subías al escenario y señalabas uno de estos objetos con esta flecha.»

5. Coge la flecha.

> «Al salir del trance escribí el nombre del objeto que elegíste en mi visión. Veamos si mi predicción es correcta. Coge esta flecha, por favor...»

6. Dale la flecha al voluntario.

> «... y señala uno de estos tres objetos.»

7. Muéstrale el cepillo de dientes, el libro y el plátano.

8. El voluntario señala uno de los tres objetos.

> «¿Estás seguro de que te quedas con ése? No quiero que nadie piense que te he obligado a elegirlo. Puedes cambiar de opinión.»

9. El voluntario toma una decisión final.

> «Muy bien. Sabía que elegirías ese objeto porque yo, el Gran Stevini, puedo ver el futuro. Lee mi predicción, por favor.»

10. Si el voluntario elige el libro dile que lo abra y lea la predicción de la primera página. Si elige el plátano dile que dé la vuelta a la flecha y levante el papel que has pegado sobre la predicción. Si elige el cepillo de dientes dale el sobre, dile que saque el trozo de papel y lo lea. Deja que el público examine el sobre para que compruebe que dentro sólo había una predicción.

Otra elección mágica

Ilusión

Predecirás correctamente el objeto que elija un voluntario.

Materiales

Un trozo de papel
Un rotulador
Tres cartas u objetos cualquiera (por ejemplo un pepinillo, un cactus y una pelota de béisbol)
Un pañuelo con dibujos llamativos (opcional)
Una bola de cristal (opcional)

Preparación

Escribe en un trozo de papel: «En mi vasta grandeza sabía que elegirías este pepinillo. El Gran Stevini». Naturalmente, si tu nombre es Megan firmarás como «La Gran Megini», y si te llamas Floyd como «El Gran Floydini». En otras palabras, añade a tu nombre la terminación ini. Así el público sabrá que eres un gran mago como Houdini, Slydini y Martini. (En realidad son dos grandes magos y una marca de vermut.) Dobla el papel y déjalo a un lado.

Cómo hacer este truco

1. Pon el pepinillo, el cactus y la pelota de béisbol sobre la mesa.

«Mucha gente me pregunta si puedo predecir el futuro. Claro que puedo hacerlo. De hecho, esta misma mañana he estado mirando mi bola de cristal con mi pañuelo de flores...»

2. Si quieres ponte un pañuelo llamativo en la cabeza, átatelo debajo de la barbilla y luego saca una bola de cristal.

«... y me he visto a mí mismo en esta habitación contigo... contigo... y contigo.»

3. Elige a alguien del público, fíjate en su aspecto e introdúcelo en tu guión.

«Alguien con una cresta azul y un aro en la nariz subía al escenario y... ¡Dios mío, eras tú!»

4. Mira y señala a ese tipo tan raro. (Tampoco tú tienes muy buena pinta con ese pañuelo de flores en la cabeza.)

«En mi bola de cristal subías al escenario y señalabas uno de estos objetos.»

5. Muéstrale el pepinillo, el cactus y la pelota de béisbol.

«Luego he escrito el nombre del objeto en un papel. Veamos si he acertado. Señala uno de estos objetos, por favor.»

6. El punky señala uno de los tres objetos. Si elige el pepinillo dale el trozo de papel con la predicción que has escrito en él y haz una reverencia. Si elige el cactus o la pelota de béisbol retíralo y di:

«Ahora sólo quedan dos objetos. Coge uno, por favor.»

Si entonces elige el pepinillo di:

«Has elegido bien. Mira mi predicción.»

Si elige el otro objeto retíralo. Cuando sólo quede el pepinillo di:

«Veo que has elegido el pepinillo, como ya sabía. Lee mi predicción, por favor.»

En otras palabras, haga lo que haga el voluntario, no retires el pepinillo y haz que parezca que lo está eligiendo. Todo el mundo creerá que ha elegido libremente, pero el que decide las cosas aquí eres tú.

Predicción del pasado

Ilusión

Adivinarás la letra que elija un voluntario de entre diez que pondrás en una gorra.

Materiales

Una gorra
Un rotulador
Un bloc pequeño u once trozos pequeños de papel

Cómo hacer este truco

1. Tu familia se ha reunido para celebrar el día de Acción de Gracias y tu madre te pide que hagas un truco. (Está muy orgullosa de ti.) Prepara los materiales y di:

«Muchos magos pueden ver el futuro, pero eso no tiene mérito. Yo puedo ver el pasado. Por ejemplo, sé exactamente qué desayuné ayer. Algunos magos pueden predecir cuándo van a morir. Yo puedo decirles cuándo nací. Voy a demostrarles la habilidad que tengo para ver el pasado. Les pediré que me digan diez letras diferentes del alfabeto. Luego las escribiré en un trozo de papel y las meteré en esta gorra, que, como todo el mundo puede ver, está vacía.»

2. Muestra al público la parte interior y exterior de la gorra.

«Después prediciré el pasado.»

3. Pide a tu tía Florence que diga una letra del alfabeto. (Supongamos que es la *q*.)

«Tía Florence, dime una letra, por favor. ¿La "q"? Muy bien. Escribiré la "q" en este papel y la meteré en la gorra.»

Escribe la *q* en un trozo de papel. Si eres muy pulcro dobla el papel y ponlo con cuidado en la gorra. Si eres un manazas como yo arruga el papel y échalo en la gorra de cualquier manera.

4. Pide a tu primo Erwin que diga otra letra. (Supongamos que es la *x*.)

«Erwin, dime una letra, por favor. ¿La "x"? Vale.»

Finge que escribes la *x* en otro trozo de papel, pero escribe de nuevo la *q*. Mete el papel en la gorra.

5. Repite el paso 4 ocho veces más con distintos miembros de tu familia. Al final tendrás diez trozos de papel con la *q* escrita en todos ellos.

«Ya tenemos diez letras diferentes. Ahora, para predecir el pasado, pediré al tío Schloimy que elija una letra de la gorra. Mañana, cuando esté comiendo el pavo que sobre, me acordaré de la letra que ha elegido. Asombroso, ¿eh? Un momento... entonces ninguno de ustedes estará aquí. Muy bien, escribiré la letra ahora mismo.»

6. Escribe la letra *q* en el último trozo de papel, póntelo entre los dientes y sigue hablando con el papel en la boca. (Te aseguro que se partirán de risa.)

«Como no quiero que piensen que esto tiene trampa, voy a mantener el papel a la vista sin tocarlo.»

7. Dile a tu tío Schloimy que meta la mano en la gorra y saque una letra. (Naturalmente, será una *q*.)

«De todas las letras que hay has elegido ésta. Léela en voz alta, por favor.»

8. Tu tío lee la letra *q*.

«Veamos si es la que he escrito yo.»

9. Sácate el papel de la boca y enséñaselo a todo el mundo.

«¡Ajá! Una "q". Lo sabía. ¿Ven qué habilidad tengo para predecir el pasado?»

10. Deshazte de los papeles antes de que alguien pueda examinarlos.

No es necesario que tu familia te diga letras. Puede decirte por ejemplo nombres famosos, pero ten en cuenta que te costará más escribirlos, y que la gente puede aburrirse si tardas mucho. También podrían decirte números entre el cien y el mil. Si utilizas números asegúrate de poner límites para evitar que un voluntario diga «quinientos ochenta y tres mil doscientos treinta y cuatro» y otro diga «dos». Escribir «583.234» mientras intentas convencer a tu familia de que estás escribiendo «2» no resultará fácil. O podrían decir nombres de colores, frutas o cualquier otra cosa.

Tampoco hace falta que te digan diez cosas. Si el truco va lento o la gente está esperando para probar el pastel de calabaza redúcelas a seis o siete.

No olvides insistir en que estás escribiendo lo que te dice todo el mundo para desviar su atención. (Para más datos sobre la desviación véanse pp. 29-30.)

De esa manera los distraerás y creerán que estás haciendo lo que dices. También es importante mantener la desviación. Cuando todos los papeles estén en la gorra di: «Ya tenemos diez (o seis o siete) letras diferentes (o nombres de colores o de frutas) en la gorra». Y cuando alguien saque un papel di: «De todas las letras (nombres, números, colores o frutas) que hay has elegido ésta». Al decir eso grabarás en su mente la idea de que las cosas que has escrito son distintas.

Yo suelo usar un bloc pequeño para este truco, porque me gusta rasgar las hojas una a una. Además, es más cómodo llevar un bloc que un montón de papeles sueltos.

También me gusta usar una gorra, pero si tienes problemas para encontrar una que no sea demasiado blanda puedes usar una caja pequeña.

Por último, no hace falta que utilices a tu familia para hacer este truco. Cualquier grupo de gente al que le guste la magia servirá.

Un truco de telepatía genial

Ilusión

Leerás la mente de un voluntario y dirás en qué color, animal y país está pensando.

Materiales

Capacidad mental

Preparación

Primero haré yo el truco para que veas lo genial que es. No mires la siguiente página hasta que hayas seguido todas las instrucciones. Haz cada paso rápidamente en tu cabeza.

1. Piensa en un número del uno al diez. Multiplica ese número por nueve.

6×9=54

2. Suma las cifras del resultado. Si sólo tiene una cifra no le añadas nada.

3. Resta cinco al resultado del paso 2.

4. Si *a* = uno, *b* = dos, *c* = tres y así sucesivamente, calcula qué letra del alfabeto corresponde al resultado del paso 3.

5. Piensa en un país que empiece por esa letra. Luego piensa en la última letra del nombre de ese país.

6. Piensa en un animal que empiece por esa letra. Luego piensa en la última letra del nombre de ese animal.

7. Piensa en un color que empiece por esa letra.

8. Ahora piensa al mismo tiempo en el país, el animal y el color que se te han ocurrido y yo leeré tu mente.

9. Mira la siguiente página.

Deberías saber que no hay abejas azules en Dinamarca.

Si no he leído bien tu mente es que eres una persona muy rara o has cometido un error en alguna parte. Te explicaré cómo funciona este truco en las siguientes instrucciones.

Cómo hacer este truco

1. Supongamos que quieres demostrar a tu abuela cuánto la quieres. Di:

«Abuela, tú y yo estamos tan unidos que puedo leer tu mente. Sólo la gente que se quiere de verdad puede hacerlo. Voy a decirte que sigas varios pasos y los hagas rápidamente en tu cabeza. Muy bien, piensa en un número del uno al diez. Multiplica ese número por nueve y suma las cifras del resultado. Si sólo tiene una cifra no le añadas nada.»

Si se multiplica por nueve cualquier número del uno al diez, la suma de las cifras del resultado siempre da nueve. Por ejemplo:

$1 \times 9 = 9$	$0 + 9 = 9$
$2 \times 9 = 18$	$1 + 8 = 9$

«Ahora resta cinco. Si $a = $ uno, $b = $ dos, $c = $ tres y así sucesivamente, calcula qué letra del alfabeto corresponde a ese resultado.»

Las cifras de tu abuela deberían sumar nueve, y al restar cinco debería quedarse con un cuatro. Según el código que le has explicado, $d = $ cuatro, así que debería estar pensando en la letra d.

«Piensa en un país que empiece por esa letra.»

No hay muchos países que empiecen por la letra d. La mayoría de la gente piensa en Dinamarca.

«Piensa en la última letra del nombre de ese país, y luego piensa en un animal que empiece por esa letra.

La última letra de Dinamarca es la a, y la mayoría de la gente piensa en una abeja.

«Piensa en la última letra del nombre de ese animal, y luego piensa en un color que empiece por esa letra.»

La última letra de *abeja* es de nuevo la *a*, y la mayoría de la gente piensa en el color azul.

«Ahora piensa al mismo tiempo en el país, el animal y el color que se te han ocurrido y yo leeré tu mente.»

2. Haz una pausa y finge que estás leyendo la mente de tu abuela. Luego di:

«Deberías saber que no hay abejas azules en Dinamarca.»

3. Tu abuela se quedará boquiabierta y creerá que eres capaz de leer su mente.

«Si he podido hacerlo es por lo mucho que te quiero.»

Capítulo seis

Otros trucos

Los trucos de cartas y de telepatía son muy populares, pero no podemos olvidarnos de los fabulosos trucos que se pueden realizar con objetos cotidianos. En este capítulo encontrarás trucos con saleros, servilletas, cubiertos, anillos, cuerdas, gomas, pelotas, monedas, vasos, un plátano y algunas otras cosas.

Cuando voy de viaje suelo llevar en una bolsa algunos de estos objetos (además de una baraja de cartas). Si tengo que hacer cola en un aeropuerto o estoy sentado junto a un niño aburrido me pongo manos a la obra. Hacer trucos mágicos es una forma estupenda de conocer gente y romper el hielo.

Una vez que estaba de viaje por la India con mi amigo Bob, el coche que alquilamos se averió en los Himalayas. Nos encontrábamos en un pequeño pueblo de montaña en el que la gente apenas veía extranjeros, así que todo el mundo vino a vernos. Mientras esperábamos a que nos arreglaran el coche se congregó una multitud a nuestro alrededor. ¿Qué hicimos entonces? Empezamos a hacer magia. (El «Hilo dental», uno de los trucos de este capítulo, es el que más éxito tuvo.) Después de unos cuantos trucos la gente nos acompañó al banco local, donde el presidente cerró las puertas durante media hora para que los empleados pudieran ver nuestro espectáculo. Y lo único que teníamos a mano eran los objetos cotidianos que habíamos metido en una bolsa.

Eso demuestra que el lema de los Boy Scouts, «Estate preparado», es una buena idea. Igual que el mío: «Nadie vence a un mago».

Sal asaltada

No podría decirte cuántas veces me ha venido bien este truco. Imagínate la escena: Estás en un restaurante con tu familia. Todo el mundo se está poniendo nervioso porque la comida no ha llegado aún. O puede que hayáis terminado de cenar y estéis esperando a que la tía Zelda vuelva del cuarto de baño. ¡Es el momento perfecto para hacer un truco!

Ilusión

Das un golpe a un salero y lo pasas al otro lado de la mesa.

Materiales

Una moneda
Un salero con la tapa plana o redonda
Una servilleta de papel

Preparación

Asegúrate de que tienes a mano los materiales adecuados. Si estás en un restaurante lujoso los saleros pueden tener la tapa puntiaguda y las servilletas pueden ser de tela, y no servirán para el truco. Si te encuentras en un restaurante de comida rápida con saleros baratos y servilletas de papel estarás de suerte.

Cómo hacer este truco

1. Pon la moneda sobre la mesa y capta la atención de tu familia.

«¿Quieren ver cómo desafío las leyes de la física? Puedo hacer que esta moneda pase al otro lado de la mesa.»

2. Envuelve el salero con la servilleta y ponlo sobre la moneda. Mantén el salero agarrado con una mano.

3. Di las siguientes palabras mágicas:

«¡La ropa interior de la tía Zelda!»

(Si la tía Zelda lleva un buen rato en el baño esto hará que todo el mundo se ría.) Luego da un golpe a la tapa del salero con la otra mano.

4. Levanta el salero con la servilleta y mantenlo sobre tus rodillas para ver si la moneda ha desaparecido. Por supuesto, sigue en la mesa.

> «Puede que me haya equivocado de palabras mágicas. Lo intentaré otra vez.»

5. Vuelve a poner el salero con la servilleta sobre la moneda. Esta vez grita:

> «¡El pelo de la nariz de la tía Zelda!»

Luego da un golpe a la tapa del salero.

6. Levanta el salero con la servilleta una vez más y mantenlo sobre tus rodillas para ver si la moneda ha desaparecido. Sigue estando allí.

> «¡Qué raro! Lo del pelo de la nariz suele funcionar. Voy a tener que usar unas palabras mágicas más poderosas.»

Mientras estés hablando deja caer el salero disimuladamente sobre tus rodillas. Sigue sujetando la servilleta como si aún tuvieras el salero. Como la servilleta ha estado envuelta alrededor del salero mantendrá su forma.

7. Pon la servilleta con forma de salero sobre la moneda y grita:

> «¡Los juanetes de la tía Zelda!»

Luego da un golpe a la servilleta. Mientras se cae ancha las piernas y deja que el salero caiga al suelo.

8. Levanta la servilleta y busca la moneda. Seguirá allí, pero no el salero, que parece haber pasado al otro lado de la mesa.

9. Mientras todo el mundo te mira asombrado recoge el salero para que no tenga que hacerlo el camarero. Cuando la tía Zelda vuelva del baño con un trozo de papel higiénico pegado al zapato podéis marcharos.

Consejo práctico

Asegúrate de que la servilleta cubra por completo el salero y mantenga su forma. No aprietes demasiado la servilleta para evitar que se rompa. Cuando pongas el salero sobre tus rodillas hazlo de una forma relajada y natural. Mientras tanto mira la moneda para que la gente centre en ella su atención.

La mano magnética

Este truco, como el anterior, es perfecto para una sobremesa.

Ilusión

Un cuchillo se pega magnéticamente a la palma de tu mano.

Materiales

Un cuchillo de postre

Preparación

Este truco te saldrá mejor si llevas mangas largas.

Cómo hacer este truco

«Hace poco he descubierto que puedo crear tanta electricidad estática que mi mano se vuelve magnética. Para demostrarlo haré que un cuchillo se pegue a la palma de mi mano.»

1. Frota tu mano derecha con fuerza contra algo divertido, como la calva de tu tío Malachi o los dientes de tu hermano pequeño.

«Ahora mi mano derecha es un poderoso imán.»

2. Coge algo de metal con la mano derecha y simula que tu mano atrae el objeto con fuerza. Finge que intentas separarlo y que por fin lo consigues.

3. Extiende la mano derecha con la palma hacia arriba. Coge el cuchillo con la mano izquierda y ponlo en sentido transversal sobre la palma derecha. Agárrate la muñeca derecha con la mano izquierda.

4. Aparta la palma derecha del público. Mientras lo hagas extiende disimuladamente el índice de la mano izquierda y aprieta con él el cuchillo contra la palma derecha. El público no verá que estás sujetando el cuchillo con el índice izquierdo, y creerá que lo tienes pegado a la mano magnéticamente. Si llevas mangas largas ni siquiera se darán cuenta de que uno de tus dedos no queda a la vista.

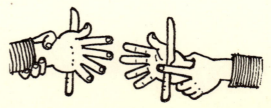

5. Sigue sujetando el cuchillo con el índice izquierdo y mueve la mano derecha para simular que intentas librarte del cuchillo, que se mantiene pegado.

6. Gira la mano derecha para ponerla de nuevo con la palma hacia arriba. Cuando hayas girado la mano lo suficiente para que el cuchillo no se caiga y el público siga sin poder ver tu índice izquierdo, suelta el cuchillo, vuelve a poner el dedo alrededor de la muñeca y demuestra al público que no hay nada sujetando el cuchillo. Luego di:

«La electricidad estática sólo dura un rato.»

7. Da la vuelta a la palma y deja que el cuchillo caiga sobre la mesa. Ten cuidado para que no se rompa ningún plato.

Más magnetismo

Ilusión

Un cuchillo se pega magnéticamente a tus dedos entrelazados.

Materiales

Un cuchillo de postre

Cómo hacer este truco

«Hace poco, mientras estrechaba la mano a David Blaine, le di una descarga eléctrica. Así es como descubrí que puedo crear tanta electricidad estática con mis manos que se vuelven magnéticas. Para demostrarlo me frotaré las manos y luego haré que un cuchillo se pegue a mis dedos.»

1. Frótate las manos con fuerza.

«Ahora mis manos son unos poderosos imanes.»

2. Coge algo de metal y simula que tu mano atrae el objeto con fuerza. Finge que intentas apartarlo de tu mano durante un rato y que por fin lo consigues.

3. Pon el cuchillo encima de la mesa con el mango sobre el borde.

4. Ponte las manos sobre las rodillas (con las palmas hacia ti) de forma que los dedos queden extendidos con las puntas tocándose. Dobla los anulares de ambas manos.

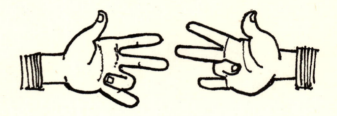

5. Entrelaza los dedos extendidos con los anulares doblados. Levanta las manos y ponlas debajo del mango del cuchillo. Los pulgares deben quedar al nivel de la mesa, y el resto de los dedos por debajo para que el público no pueda verlos. Coge el cuchillo con los pulgares por la parte de arriba del mango y levántalo por encima de la mesa. Mientras lo hagas rodea el mango del cuchillo con los anulares. Ahora el mango quedará tapado por los dedos entrelazados.

6. Separa los pulgares del cuchillo.

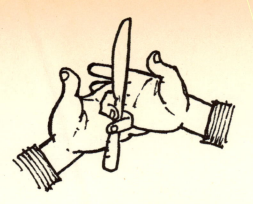

«Debo tener mucho cuidado al lavarme las manos antes de comer, porque a veces me dan descargas eléctricas.»

7. Después de sujetar el cuchillo así durante unos segundos coge la hoja con los pulgares y separa las manos.

Al público le parecerá que el cuchillo está pegado magnéticamente a tus dedos entrelazados.

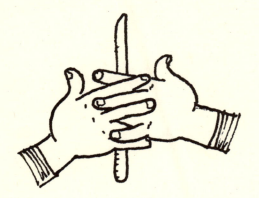

Sombrero de agua

Ilusión

Echas un vaso de agua en un sombrero vacío. Luego metes un vaso de papel vacío en el sombrero. Al sacarlo descubres que está lleno de agua y que el sombrero está vacío y seco.

Materiales

Un sombrero o una caja
Unas tijeras
Dos vasos de papel con borde
Un vaso de agua

Preparación

Si utilizas un sombrero para este truco asegúrate de que sea resistente. Si es muy fino o blando no servirá.

Recorta con cuidado el borde de un vaso de papel y el fondo del otro. Mete el vaso sin fondo dentro del vaso sin borde para que parezca que hay uno solo.

BORDE RECORTADO;

B

VASO B DENTRO DEL VASO A

A

FONDO RECORTADO

Cómo hacer este truco

1. Pon el sombrero o la caja (vamos a suponer que es un sombrero), el vaso doble de papel y el vaso de agua sobre la mesa.

«Acabo de leer todos los libros de Harry Potter de una sentada, y me he dicho a mí mismo: "Yo también puedo hacer eso". ¿Capas invisibles? ¿Varitas mágicas? Eso es cosa de niños. Por ejemplo, hay un truco que enseñan en Hogwarts que yo puedo hacer tan bien como Harry. Aquí tengo un vaso de agua, un sombrero vacío y un vaso de papel. Me parece que era en el segundo libro en el que Harry metía un vaso en un sombrero...»

Mete el vaso doble de papel dentro del sombrero.

«... y echaba agua en el vaso.»

2. Coge el agua y simula que vas a echarla en el sombrero.

«No, eso no sería mágico. Ya me acuerdo. Era el sombrero el que iba dentro del vaso.»

3. Deja el vaso de agua. Separa disimuladamente los vasos de papel dentro del sombrero con una mano. Luego saca el vaso sin fondo y deja el otro dentro. El público no puede ver la parte interior del sombrero y no sabe que hay dos vasos de papel, así que creerá que has sacado el único que había. Mantén el sombrero y el vaso a la altura de la vista del público.

«O puede que fuera en el tercer libro... se parecen todos mucho. En cualquier caso, Harry ponía el sombrero en el vaso y el agua en...»

4. Intenta meter el sombrero en el vaso de papel.

«No, no es así. El vaso de agua va en el sombrero y el vaso de papel en... no, sigue estando mal. Puede que fuera en el cuarto libro. ¡Ya lo tengo! ¡El agua va en el sombrero!»

5. Echa el agua en el vaso de papel que hay dentro del sombrero. El público no sabe que el vaso está ahí, y creerá que estás echando el agua en el sombrero directamente. Arruga la cara como si hubieras cometido un error.

«¡Oh, oh! Me parece que he metido la pata.»

6. Vuelve a meter el vaso sin fondo dentro del vaso sin borde. Ahora tienes un vaso doble lleno de agua dentro del sombrero, pero el público creerá que has puesto el único vaso que hay dentro de un sombrero mojado.

«¡Vaya! Me ha salido mal. Supongo que después de todo Harry Potter es mejor mago que yo.»

7. Saca el vaso doble de papel del sombrero y vuelve a echar el agua en el vaso de cristal.

«Será mejor que lea todos esos libros otra vez. Esto es muy embarazoso.»

8. Bebe un trago de agua del vaso. La gente se quedará asombrada, porque creerá que has pasado el agua del sombrero al vaso por arte de magia mientras actúas como si no hubieras hecho nada.

Consejo práctico

Para hacer este truco tendrás que practicar mucho, porque tiene un montón de detalles que debes memorizar. Como un baile, sólo funciona cuando se dominan todos los pasos. Si no dedicas mucho tiempo a practicarlos es fácil que te equivoques. Pero el esfuerzo merece la pena. Cuando yo hago este truco la gente siempre se queda boquiabierta, y tengo que reconocer que me encanta.

Equilibrio doméstico

Ilusión

Mantienes en equilibrio un vaso en el borde de un plato.

Materiales

Un plato
Un vaso

Cómo hacer este truco

«Ya saben que no siempre he sido tan torpe como ahora. Antes andaba en la cuerda floja. Tardé años en aprender a hacerlo. Para empezar, mi profesor me enseñó a mantener objetos en equilibrio. Pasé varias semanas intentando equilibrar un plátano sobre una gominola. Luego aprendí a equilibrar un pastel de gelatina sobre un sacacorchos. Me costó, pero lo conseguí. Una de las tareas más fáciles que me puse fue la de equilibrar un vaso sobre el borde de un plato. No sé si podré hacerlo aún. ¿Les importa que lo intente?»

1. Coge el plato en vertical con la mano derecha sujetando el borde con los dedos en la posición de las dos en punto.

2. Pon el vaso sobre el borde del plato con la mano izquierda. Luego suelta el vaso, que se caerá. Estate preparado para cogerlo.

«Supongo que me falta práctica. Lo intentaré otra vez.»

3. Lo intentas de nuevo y vuelves a fallar.

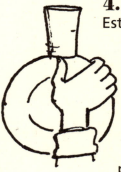

4. Inténtalo una vez más. Esta vez, al poner el vaso en el borde, utiliza el pulgar derecho para mantenerlo en equilibrio. El público no verá el pulgar porque está detrás del plato. Mantén los dedos quietos para que el público no sospeche nada.

«Mi profesor tenía razón. Es como ir en bicicleta; enseguida vuelves a cogerle el tranquillo. Podría dejar la escuela y volver a la cuerda floja.»

5. Después de mantener el vaso en equilibrio unos cinco segundos cógelo con la mano izquierda. Luego deja el vaso y el plato sobre la mesa.

Soy rico

Ilusión

Harás que un montón de monedas aparezcan donde quieras.

Materiales

Unas tijeras
Un vaso de papel
Unas ocho monedas

Preparación

Corta una pequeña ranura en la parte inferior del vaso. La ranura debe tener la anchura suficiente para que pase por ella una moneda.

Cómo hacer este truco

1. Coge el vaso con la mano derecha poniendo el pulgar en el borde y el resto de los dedos por debajo. Asegúrate de que la ranura quede mirando hacia ti. Echa las monedas en el vaso mientras dices:

«Mucha gente cree que no gano nada con la magia, pero me pagan un montón de dinero por esto. Por cierto, sé que alguien del público tiene parte de mi dinero. ¿Eres tú?»

2. Señala a una persona del público.

«¿Cómo te llamas? ¡Ajá! Me han dicho que tú te has quedado con mi dinero. Dámelo, por favor.»

Tu víctima no tiene ni idea de qué estás hablando. Dile que se levante.

«Un momento. ¿Qué tienes detrás de la oreja?»

3. Inclina el vaso hacia ti para que salga una moneda por la ranura y caiga en tu mano.

Coge el vaso con la mano izquierda poniendo el pulgar en el borde y el resto de los dedos por debajo. No dejes que el público vea la moneda que tienes en la mano derecha.

4. Con la mano derecha, simula que sacas una moneda de la oreja izquierda de tu víctima. Échala en el vaso.

«Y detrás de la otra oreja hay otra moneda.»

5. Repite el paso 3 alternando las manos. Con la mano izquierda, simula que sacas una moneda de la oreja derecha de tu víctima. Échala en el vaso.

«Mmm... no pensabas darme el dinero, ¿verdad? Ibas a usarlo para comprar caramelos.»

6. Repite el paso 3. Con la mano derecha, simula que sacas una moneda del pelo de tu víctima. Échala en el vaso.

«Levanta el brazo, por favor. ¡Ajá! Tienes otra moneda en el sobaco. Ya veo que harías cualquier cosa por quedarte con mi dinero.»

7. Repite el paso 3 alternando las manos. Con la mano izquierda, simula que sacas una moneda del sobaco derecho de tu víctima. Échala en el vaso.

«Y en el *otro* sobaco tienes otra moneda.»

8. Repite el paso 3. Con la mano derecha, simula que sacas una moneda del sobaco izquierdo de tu víctima. Échala en el vaso.

9. Enseña al público el fondo del vaso dando unos golpecitos con una de las monedas para demostrar que es sólido. No olvides mantener la ranura escondida.

«¡Y tienes otra en los dientes! Debería darte vergüenza.»

10. Repite el paso 3 alternando las manos. Con la mano izquierda, simula que sacas una moneda del trasero de tu víctima. Échala en el vaso y regaña a tu víctima.

«La próxima vez que tengas dinero para mí será mejor que me lo des. Pero para que veas que soy muy generoso voy a darte una de mis monedas.»

11. Dale a tu víctima una moneda.

«Ahora siéntate. Espero que hayas aprendido la lección.»

12. Échate las monedas en la mano y aplasta el vaso para que no se vea la ranura. Mientras tanto di:

«¡Soy rico! ¡Soy rico!»

Practica hasta que seas capaz de sacar las monedas por la ranura y pasar el vaso de una mano a otra sin ningún esfuerzo.

Si tienes problemas para que una moneda pase por la ranura sacude las monedas hasta que salga una de ellas. El público creerá que estás calculando cuántas monedas tienes en el vaso. Yo he comprobado que si muevo un poco el vaso hacia delante, en la mayoría de los casos sale una moneda hacia atrás y cae en mi mano. Si intentas hacer esto no muevas el vaso demasiado para que el público no se pregunte qué estás haciendo.

También debes practicar para mantener la moneda escondida en la palma de tu mano. Mueve la mano con naturalidad cuando vayas a sacar una moneda de la oreja, la nariz o la boca de alguien.

Sé creativo al hacer aparecer las monedas. Puedes sacarlas del cuerpo de otra persona, de tus propias orejas o del trasero de tu perro (si consigues que Fido se quede quieto lo suficiente). Para sacar una moneda del pelo de alguien, yo suelo dejar la moneda en la cabeza y me paso un rato buscándola para que resulte más emocionante.

Puedes seguir «buscando» monedas todo el día, pero no te lo recomiendo. Cuando el público se quede dormido o tú te aburras será mejor que lo dejes.

Practica el truco completo delante de un espejo hasta que te salga bien.

Hilo dental

Ilusión

Por arte de magia harás que dos trozos de cuerda se conviertan en uno. Luego cortarás esa cuerda por la mitad y harás que los trozos se alarguen y se acorten.

Materiales

Un trozo de cuerda de quince centímetros
Un trozo de cuerda de un metro

Busca una cuerda que tenga más o menos el grosor de las que se utilizan para tender la ropa. Puedes usar cualquier tipo de cuerda, pero las mejores son las de algodón. Se venden en rollos en las tiendas de magia y en algunas ferreterías. Yo compré una vez en una ferretería una cuerda que era de plástico por dentro y de algodón por fuera. Saqué el plástico y de esa manera conseguí una bonita cuerda de algodón.

Preparación

Sujeta los extremos de la cuerda corta con el índice y el pulgar de la mano izquierda. Pasa la cuerda larga por el lazo que acabas de hacer y deja que sus extremos cuelguen hacia abajo. Ajusta la cuerda larga para que el lado derecho quede unos diez centímetros por debajo del izquierdo. Sujeta las cuerdas por el punto en el que se unan para que el público no pueda ver la unión. Coloca la mano con los nudillos hacia el público y la palma hacia ti. De este modo el público creerá que tienes dos trozos de cuerda de unos cincuenta centímetros cada uno.

Cómo hacer este truco

«El primer truco mágico que hice fue con un trozo de hilo dental. Voy a contarles la historia. ¿Cuántos de ustedes tienen hermanos o hermanas? Yo tengo un hermano pequeño. En mi casa, si se corta un trozo de pastel por la mitad y a mi hermano le toca un miligramo más que a mí yo grito: "Mamá, su trozo es más grande que el mío". Como es lógico, si me toca a mí el trozo más grande él también se queja. Esto pasa con cualquier cosa. Discutimos por todo, hasta por el hígado. Un día mi madre estaba viendo la televisión, y durante los anuncios vino a darnos nuestro hilo dental. A mí me dio este trozo...»

1. Señala el extremo más bajo de la cuerda larga.

«... y a mi hermano este trozo.»

2. Señala el extremo más alto de la cuerda larga.

«Se imaginan lo que gritó, ¿verdad? "¡Mamá, su trozo es más grande que el mío!" Entonces mi madre nos quitó el hilo dental y comenzó de nuevo.»

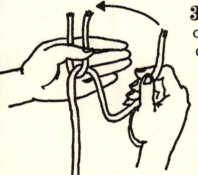

3. Con la mano derecha, coge el extremo derecho de la cuerda larga (el más bajo) y ponlo junto al extremo derecho de la cuerda corta.

4. Sujeta estos dos extremos en la palma derecha de forma que el público no pueda verlos. Separa las manos y suelta la cuerda corta de la mano izquierda para cogerla con el pulgar y el índice de la mano derecha. Al mismo tiempo deja que el extremo derecho de la cuerda

larga se deslice del pulgar y el índice de la mano derecha para sujetarlo entre la palma y el meñique. Como el hueco entre las dos cuerdas queda tapado por tu mano, el público creerá que las has unido por arte de magia para formar una sola cuerda larga.

«Mi madre dijo que si ataba los dos extremos del hilo dental y lo cortaba al otro lado del nudo tendríamos dos trozos iguales.»

5. Cruza los extremos sueltos de ambas cuerdas. Sigue manteniendo los extremos escondidos en la palma derecha. Al público, que cree que estás sujetando una cuerda larga, le parecerá que has hecho un lazo con ella.

6. Simula que atas los extremos cruzados. Primero pasa la cuerda corta por debajo del extremo suelto de la cuerda larga. Sujeta los dos extremos de la cuerda corta con la mano izquierda y mantén los extremos de la cuerda larga escondidos en la mano derecha. Luego anuda la cuerda corta alrededor de la cuerda larga. Mantén los dos extremos de la cuerda larga escondidos en la mano derecha. El público creerá que has atado los extremos de una cuerda larga.

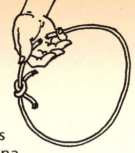

«Mi madre oyó que se acababan los anuncios, y no tenía tiempo de buscar unas tijeras, así que cortó el hilo con los dedos.»

7. «Corta» la cuerda larga al otro lado del nudo moviendo el índice y el dedo corazón de la mano izquierda como si fuesen unas tijeras. Mientras tanto suelta el extremo de la cuerda larga que no está atado a la cuerda corta. El público creerá que has cortado la cuerda por arte de magia utilizando simplemente los dedos.

8. Desata con cuidado la cuerda corta, pero mantenla alrededor de la cuerda larga para sujetar las cuerdas de la misma manera que al principio del truco. (Véase «Preparación» en p. 106.) La única diferencia es que ahora el extremo derecho de la cuerda larga queda sólo unos centímetros por debajo

de tu mano. Al público le parecerá que estás sujetando una cuerda muy larga y otra muy corta.

«Luego desató el hilo dental. A mí me dio este trozo largo...»

9. Señala el extremo más bajo (izquierdo) de la cuerda larga.

«... y a mi hermano este trozo pequeño.»

10. Señala el extremo más alto (derecho) de la cuerda larga.

«Se imaginan lo que gritó, ¿verdad? "¡Mamá, su trozo es más grande que el mío!" El programa de mi madre había empezado, y se lo estaba perdiendo, así que cogió el trozo pequeño y lo estiró hasta que quedó tan largo como el otro.»

11. Tira del extremo más alto (derecho) de la cuerda larga hasta que quede igual que el otro.

«Entonces le dio a mi hermano un trozo y a mí el otro. Luego cometió un gran error; se marchó de la habitación. Para hacer rabiar a mi hermano, en cuanto se fue cogí su trozo de hilo dental y lo até al mío.»

12. Ata la cuerda corta alrededor de la larga. El público creerá que has atado dos cuerdas de la misma longitud. Sujeta un extremo de la cuerda larga con la mano derecha y deja que el otro cuelgue. El nudo quedará en el medio de la cuerda larga.

13. Coge el extremo suelto de la cuerda larga con la mano izquierda. Mueve la mano derecha para sujetar la cuerda cerca de la mano izquierda sin apretarla mucho. Envuelve la cuerda alrededor de la mano izquierda mientras dejas que se deslice por la mano derecha. Cuando llegues al nudo cógelo y mantenlo en la mano derecha mientras sigues enrollando para arrastrarlo hasta el extremo de la cuerda. Cuando termines de enrollar la cuerda alrededor de la mano izquierda el nudo se quedará en la mano derecha. Sujeta el extremo de la cuerda con la mano derecha y mantén el nudo escondido.

«Empecé a limpiarme los dientes, y como pueden suponer mi hermano gritó: "¡Mamá, me ha quitado mi hilo dental!". Mi madre vino corriendo y preguntó: "Steve, ¿le has quitado el hilo?". Yo respondí: "No, mamá, sólo tengo un trozo". Ella dijo: "Déjame ver ese hilo. Si resulta que son dos trozos atados tendrás problemas". Yo repuse: "Te aseguro que sólo tengo un trozo". Y así es como me libré de que me diera unos azotes.»

14. Desenrolla despacio la cuerda de la mano izquierda y muestra al público que sólo hay una cuerda. La cuerda corta anudada sigue escondida en tu mano derecha. Da la cuerda larga al público para que pueda examinarla. Si quieres guárdate el nudo en el bolsillo disimuladamente para que no puedan descubrir que has hecho trampas.

Goma saltarina

Este truco es perfecto para cuando te encuentres en una habitación con unas cuantas gomas y un grupo de gente aburrida.

Ilusión

Una goma salta por arte de magia de un par de dedos a otro.

Materiales

Dos gomas, más o menos de la misma anchura que tu mano

Cómo hacer este truco

«Una de las ventajas de ser mago es que si algún día acabo en la cárcel, me puedo escapar por el muro aunque tenga una alambrada en la parte de arriba. Voy a demostrárselo.»

1. Ponte una goma alrededor del índice y el dedo corazón. Enrosca la otra goma alrededor de las puntas de los cuatro dedos. (Para ello, pasa la goma alrededor de un dedo, dale una vuelta y luego pásala alrededor del siguiente dedo. Continúa hasta que queden enroscados todos los dedos.)

«Vamos a suponer que mi mano es el muro de la cárcel, con una alambrada en la parte de arriba.»

2. Señala la goma enroscada.

«Y esta goma soy yo.»

3. Señala la otra goma.

4. Demuestra a tus amigos que no puedes quitarte la primera goma sin sacar la segunda. Demuéstrales que la primera goma sólo está envuelta alrededor de los dos primeros dedos poniendo la mano hacia arriba con los dedos extendidos y chasqueando la goma por el lado de la palma.

5. Pon la palma hacia abajo y cierra el puño sin apretar los dedos. Luego chasquea la goma por el lado de los nudillos.

6. Mantén la mano en esa posición y chasquea la goma de nuevo por el lado de la palma. Al estirar la goma mete por debajo las puntas de los cuatro dedos. Cuando sueltes la goma quedará sobre las puntas de todos los dedos, pero el

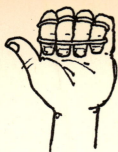

público sólo verá el dorso de tu mano con la goma alrededor del índice y el dedo corazón.

«Para saltar el muro lo único que tengo que hacer es esto.»

7. Di unas palabras mágicas y abre rápidamente la mano manteniendo la palma hacia abajo. Al hacerlo la goma saltará a los dedos anular y meñique.

«¡Vaya! Me he olvidado de mi compañero de celda. Tendré que volver a buscarle.»

8. Repite los pasos 6 y 7 para que la goma vuelva a su posición inicial.

«Ya le han puesto en libertad. Me escaparé otra vez.»

9. Repite los pasos 6 y 7 todas las veces que quieras.

«Un momento, se me ha olvidado el cepillo de dientes. Iré a buscarlo. Me vuelvo a escapar... pero también se me ha olvidado el osito de peluche. Salto otra vez el muro... Espero que los guardias no me disparen.»

10. Continúa hasta que tus amigos te amenacen con mandarte a la cárcel de verdad.

Éste es uno de los trucos más fantásticos que conozco. La gente se queda asombrada con él, y es muy sencillo.

La pelota de Plutón

Ilusión

Una pelota desaparece bajo una tela y luego vuelve a aparecer.

Materiales

Una pelota pequeña de espuma, una moneda grande o cualquier objeto que se pueda escamotear con facilidad
Un trozo de tela que te cubra la mano

Preparación

Busca un cómplice (un ayudante que participe en el truco) y explícale qué debe hacer.

«¿Quieres ayudarme a hacer un truco mágico? Voy a hacer que una pelota desaparezca de debajo de una tela y luego vuelva a aparecer. Esto es lo que haremos: Yo me pondré la pelota en la mano y la taparé con la tela. Después pediré a todo el mundo que toque debajo de la tela y compruebe que la pelota está ahí. Tú serás el último en tocar debajo de la tela. Al hacerlo cogerás la pelota de mi mano disimuladamente. Luego yo levantaré la tela y demostraré que la pelota ha desaparecido. Volveré a taparme la

mano con la tela y pediré a la gente que toque de nuevo debajo de la tela para que compruebe que la pelota no está ahí. Una vez más tú serás el último, y volverás a poner la pelota en mi mano disimuladamente. Luego levantaré la tela y demostraré que la pelota ha reaparecido. Tú debes actuar como si vieras el truco por primera vez y no supieras el secreto. Pero no exageres. Hazlo de una forma relajada y natural.»

Practica con tu cómplice hasta que os salga bien el truco. Así nadie sospechará nada.

Cómo hacer este truco

«El otro día vino a verme un alienígena de Plutón. Cuando le comenté que nadie iba a creer lo que me había pasado me dio una pelota, y me dijo con un acento extraño que si alguien dudaba de mí se la enseñara para demostrar que hay vida en otros planetas. ¿Lo dudan? Bien, así podré enseñarles la pelota de Plutón. No es una pelota normal. Parece una pelota normal, huele como todas e incluso tiene un sabor normal (aunque no les recomiendo que la prueben), pero no es normal. ¡Es de Plutón! Miren.»

1. Da la pelota al público y anima a la gente a pasársela. Deja que todo el mundo inspeccione tus manos y la tela. Si llevas mangas largas enróllatelas para demostrar que no tienes nada escondido en ellas.

«Ahora observen lo que puede hacer esta pelota.»

2. Ponte la pelota en la mano con la palma hacia arriba y tápala con la tela.

«¿Pueden tocar todos debajo de la tela para comprobar que la pelota está ahí, por favor?»

3. El último en tocar debajo de la tela será tu cómplice, que cogerá la pelota de tu mano disimuladamente y la escamoteará o se la meterá al bolsillo.

«¡Alakapocus!»

4. Levanta la tela con un movimiento dramático. La pelota habrá desaparecido.

5. Deja que todo el mundo vuelva a inspeccionar tus manos y la tela.

6. Cúbrete la mano con la tela una vez más.

«¿Ahora pueden tocar de nuevo debajo de la tela para comprobar que la pelota no está ahí, por favor?»

7. El último en tocar debajo de la tela será tu cómplice, que volverá a poner la pelota en tu mano disimuladamente.

«¡Epelkedepel!»

8. Levanta de nuevo la tela con una floritura y —*voilà!*— la pelota ha reaparecido.

Plátano prerrebanado

Ilusión

Al pelar un plátano descubres que ya está cortado en siete trozos.

Materiales

Un plátano
Una aguja de coser
Un rotulador

Preparación

Clava la aguja en el plátano a unos dos centímetros de la parte de arriba y muévela con cuidado de un lado a otro para cortar el plátano sin tocar el otro extremo de la cáscara. Saca la aguja, insértala un poco más abajo y haz otro corte. Repite el proceso cuatro veces más. De esta manera conseguirás que el plátano quede cortado en siete trozos dentro de la cáscara. Escribe el número siete en el plátano.

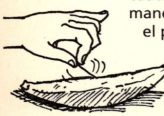

Cómo hacer este truco

1. Coge el plátano.

«Las empresas de alimentación siempre están buscando nuevas maneras de hacer que la gente compre sus productos. Primero mezclaron la mermelada con mantequilla de cacahuete. Luego empezaron a cultivar uvas sin pepitas. ¿Saben cómo lo hacen? Eso sí que es mágico. Y he oído que los productores de plátanos también se han apuntado al asunto y están cultivando plátanos prerrebanados para mezclarlos directamente con los cereales. No me imagino cómo pueden hacerlo. ¿Ven este número?»

2. Señala el número siete escrito en el plátano.

«Dice en cuántos trozos está cortado el plátano. Miren.»

3. Pela el plátano y muestra los siete trozos. Ofréceselos al público o cómetelos tú mismo.

Ilusión

Un anillo desaparece de tu mano y luego vuelve a aparecer.

Anillo, cuerda y Farfel

Materiales

Un rotulador
Un anillo de un voluntario
Un trozo de cuerda de sesenta centímetros
Un vaso o un bolsillo

Cómo hacer este truco

«¿Conocen a mi amigo Farfel?»

1. Extiende la mano izquierda con la palma hacia abajo. Cierra el puño metiendo el pulgar en el resto de los dedos para hacer una marioneta manual. Ponle a la marioneta un nombre original. (Vamos a suponer que se llama Farfel.) El índice izquierdo será su labio superior, y el pulgar el labio inferior. Mueve el pulgar hacia arriba y hacia abajo para que parezca que Farfel habla. Pon una voz divertida, por ejemplo con un tono muy alto o muy bajo. Si puedes hacerlo sin mover los labios quedará mucho mejor. (Esta habilidad se denomina ventriloquia.)

Tú: «¿Cómo estás, Farfel?».
Farfel: «¡No puedo ver! ¡No puedo ver!».
Tú: «¡Ah! Farfel necesita unos ojos».

2. Dibuja dos ojos sobre la boca de Farfel.

Tú   «¿Puedes ver ahora?».
Farfel: «Un poco».
Tú: «Bien».

3. Pide un anillo a un voluntario.

Tú: «Farfel va a tragarse este anillo».
Farfel: «¿Lo dices en serio?».
Tú: «Por supuesto».

4. Pasa la cuerda por el anillo. Sujeta los extremos de la cuerda con la mano derecha para que el anillo cuelgue en el medio.

Tú: «Aquí tienes, Farfel. Bon appétit!».

5. Coge el anillo con el puño izquierdo como se indica en la ilustración. Mantén el puño con la palma hacia abajo. Suelta los extremos de la cuerda para que cuelguen a la izquierda y a la derecha de tu puño.

Farfel: «¡Aj! Sabe fatal».
Tú: «Venga, trágatelo».
Farfel: «No me apetece».

6. Con la mano derecha, coge el extremo derecho de la cuerda y pásalo sobre el dorso del puño para que quede colgando a la izquierda.

7. Luego pasa la mano sobre el puño y coge el otro extremo de la cuerda. Al hacerlo deja caer el anillo disimuladamente en la mano derecha. Ahora tienes en la mano derecha el anillo con la cuerda metida en él. Pasa la cuerda por el dorso del puño de forma que quede cruzada sobre la que has puesto antes y cuelgue a la derecha. Al mismo tiempo desliza el anillo por la cuerda (el público no lo verá porque lo tienes escondido en la mano). Arrastra el anillo disimuladamente por toda la cuerda.

Tú: «Para evitar que Farfel escupa el anillo antes de tragarlo, necesito que alguien ponga un dedo en el punto en el que se cruzan los extremos de la cuerda».

8. Pide al voluntario que ponga un dedo sobre las cuerdas cruzadas.

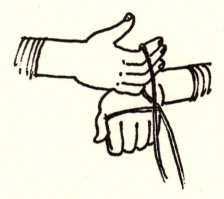

Farfel: «¡Eh, quita ese dedo de mi cabeza!».
Tú: «Deja el dedo ahí. Ahora traga el anillo, Farfel».
Farfel: «Glups».
Tú: «¿Te lo has tragado?».

Farfel: «¡Aj! Sí».
Tú: «Vamos a verlo».

9. Abre la mano izquierda para demostrar que el anillo ha desaparecido.

Tú: «¿Lo han visto?».
Farfel: «Creo que voy a vomitar».
Tú: «No manches todo el suelo. Toma...».

10. Dale a Farfel algo para que vomite, por ejemplo un vaso o tu bolsillo. Mientras coges el vaso o abres el bolsillo con la mano derecha, deja caer el anillo dentro disimuladamente. Simula que Farfel está vomitando en el vaso o en el bolsillo. Luego saca el anillo y dáselo al voluntario.

Tú: «No sé si lo querrás, porque Farfel lo ha vomitado, pero aquí lo tienes. Gracias».

Si este diálogo que se me ha ocurrido te parece una tontería utiliza tu imaginación para inventar otro. O haz el truco sin Farfel; de cualquier forma dejarás a la gente asombrada.

Consejo práctico

Cuando cojas el anillo la primera vez ponlo en el centro de la palma. Y antes de dejarlo caer en la mano derecha muévelo un poco hacia la izquierda para que caiga con más facilidad. Practica este pase delante de un espejo hasta que te salga bien.

Si utilizas a Farfel ensaya los diálogos. Desarrolla el personaje de Farfel. (Para más información sobre personajes véanse pp. 14-16.) Antes de que te des cuenta Farfel estará diciendo cosas imprevisibles.

George Washington tenía claustrofobia

Ilusión

Una moneda pasa a través de un pañuelo.

Materiales

Dos monedas
Un pañuelo

Cómo hacer este truco

«George Washington tenía claustrofobia. Es decir, le daban miedo los espacios cerrados. Esto no se debe confundir con la santa-claustrofobia, que es el miedo a la Navidad. Como Georgie está en las monedas americanas, algunas también tienen claustrofobia. De vez en cuando una de ellas empieza a saltar en mi bolsillo para intentar salir. Y si pegan la oreja a una máquina de refrescos oirán unas cuantas monedas tintineando ahí dentro, desesperadas por respirar aire fresco.»

1. Muestra las monedas en la palma de la mano derecha.

«Aquí hay dos monedas. Una tiene claustrofobia; la otro no. ¿Ven cómo disfrutan del aire libre en mi mano? Pero observen lo que sucede si las tapo con un pañuelo. Ahora están atrapadas.»

2. Sujeta las dos monedas con el pulgar y el índice de la mano derecha y pon el pañuelo sobre ellas.

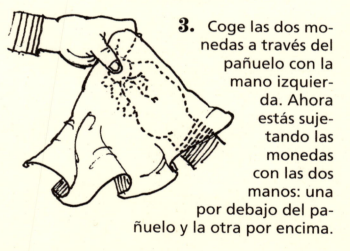

3. Coge las dos monedas a través del pañuelo con la mano izquierda. Ahora estás sujetando las monedas con las dos manos: una por debajo del pañuelo y la otra por encima.

4. Simula que sueltas las monedas de la mano derecha pasándola a la parte exterior del pañuelo y cogiendo las monedas a través de la tela igual que con la mano izquierda. Al hacerlo saca disimuladamente una moneda de debajo del pañuelo, ponla en la parte exterior junto a la otra y sujeta las dos monedas con ambas manos, ajustando el pañuelo para que el público no pueda ver la moneda exterior. (Coge la tela directamente por debajo de la moneda y dóblala sobre ella.) Durante todo este paso mantén el pañuelo entre tu mano y el público para que la gente no pueda ver lo que estás haciendo. Todo el mundo creerá que las dos monedas siguen estando debajo del pañuelo.

5. Elige a un voluntario del público.

«Toca las monedas para que veas lo apretadas que están ahí dentro. Una está contenta; la otra no. Una de ellas ya está empezando a asustarse.»

6. Deja que el voluntario toque las monedas a través del pañuelo. Al hacerlo pensará que las dos están debajo.

«Creo que una intenta escapar. ¡Oh, oh! Está llegando a mis manos a través del pañuelo.»

7. Empuja la moneda exterior hacia arriba para que parezca que está pasando a través del pañuelo. Déjala a un lado.

«La otra parece estar muy cómoda debajo del pañuelo.»

8. Coge la moneda interior con la mano izquierda y levanta el pañuelo con la mano derecha para demostrar que había una moneda debajo.

9. Si eres una chica inclínate. Si eres un chico haz una bonita reverencia.

Consejo práctico

Practica este truco delante de un espejo prestando especial atención al paso 4 para hacerlo de una forma relajada y natural. Continúa hablando durante este paso para distraer al público.

Cuando hagas reaparecer la moneda exagera un poco para que parezca que intenta salir de debajo de la tela. Súbela despacio para que resulte más emocionante.

Capítulo siete

Magia cómica

La magia cómica es prima directa de la magia «real». Ambas son estupendas para entretener a la gente, pero entre ellas hay una diferencia significativa.

Al hacer un truco de magia real intentas crear una ilusión para hacer creer a la gente que estás haciendo algo extraordinario. Al hacer un truco de magia cómica finges que vas a crear una ilusión sorprendente para acabar haciendo una tontería.

La magia cómica es como contar un chiste. Al final del truco hay una gracia, y al llegar ahí todo el mundo se ríe o te da un puñetazo en la nariz. Para hacer magia cómica no es necesario que practiques ni te esfuerces para engañar a la gente. Y tampoco tienes que actuar de forma disparatada, porque los disparates son algo intrínseco en ese tipo de magia.

¿Que no sabes de qué estoy hablando? Lo sabrás después de leer este capítulo.

La toalla

Coge una toalla pequeña. Apuesta a alguien que si os ponéis cada uno en un lado de la toalla no podrá pegarte un puñetazo en la nariz.

Si eres un sinvergüenza apostarás dinero. Si eres un caballero harás una apuesta simbólica.

Abre una puerta y pon la toalla en el umbral. Dile a tu amigo que se ponga en un lado de la toalla. Cierra la puerta y ponte en el otro lado. Luego grita a través de la puerta: «Venga, dame un puñetazo en la nariz».

No lo hagas con una puerta muy fina, porque podrías acabar mal.

¿Qué hay en el papel?

Pide a un voluntario que escriba algo en un trozo de papel, dóblalo y déjalo sobre la mesa. Pon un libro o una piedra encima del papel para evitar la tentación de echar un vistazo.

Apuesta al voluntario que puedes decirle qué hay en el papel. Simula que te concentras con todas tus fuerzas.

«¡Ajá!», di al cabo de un rato. «¡En el papel hay un libro (o una piedra)!»

Toca madera

Apuesta a tu hermano que saldrá de debajo de una mesa antes de que tú des tres golpes en ella. Tu hermano se mete debajo de la mesa.

Tú das el primer golpe. «¿Vas a salir ya?», le preguntas.

«No», dice él.

Das otro golpe y le preguntas: «¿Vas a salir ya?».

«¡Ni hablar!», responde él.

Luego di: «Antes de que dé el tercer golpe saldrás de debajo de la mesa».

Tu hermano se ríe porque cree que te va a ganar.

Después dile: «¿Sabes qué? Me parece que todavía no voy a dar otro golpe. Antes voy a comer algo». Márchate y espera a que se aburra y salga. (Te aseguro que lo hará tarde o temprano.) Entonces vuelve y da el tercer golpe en la mesa.

Mi hermana me hacía este truco cuando tenía seis años. Era una miserable.

Las dos caras de la moneda

Dile a tu hermana que puedes ver las dos caras de una moneda a la vez. Rétala a que lo intente ella antes. Si pone la moneda delante de un espejo dile que eso no vale; así verá el reflejo de una cara, pero no la cara en sí.

Cuando se dé por vencida cógele la moneda y hazla girar sobre una mesa. De ese modo verás las dos caras de la moneda a la vez.

Esto es simplemente una ilusión óptica, por supuesto. En realidad ves una cara cada vez, pero como se alternan con tanta rapidez te parece que estás viendo las dos al mismo tiempo.

¿Cuáles están más separadas?

Pon tres monedas en fila sobre una mesa como se indica en la ilustración.

Pide a alguien que te diga qué dos monedas están más separadas. Seguramente te dirá que la moneda del medio y la de la izquierda, o la del medio y la de la derecha.

¡Pues no! La respuesta es... un redoble, por favor... que las monedas que están más separadas son las de los extremos.

Fuego debajo del agua

Apuesta a alguien que puedes encender una cerilla debajo del agua. Llena un vaso de agua, dile a tu amigo que lo sostenga y luego enciende una cerilla por debajo.

Esto no significa que tengas permiso para jugar con cerillas. No seas estúpido y quemes tu casa para que tus padres me demanden y me quiten las ganancias de este libro y todos mis ahorros, con lo cual tendría que mendigar en la calle mientras tú te

haces rico con mi dinero y te conviertes en un famoso mago de televisión y yo pienso al verte en el escaparate de una tienda: «Yo también podría haber sido rico y famoso, pero enseñé a ese crío a jugar con cerillas y mira dónde estoy ahora».

Así que escúchame: Haz este truco si te da permiso un adulto, pero te ruego que tengas cuidado. No quiero acabar siendo un vagabundo.

Dobles

Apuesta a un amigo que no es capaz de doblar un trozo de papel nueve veces plegándolo por la mitad cada vez.

No se puede doblar ningún papel de esta manera más de ocho veces. ¡Inténtalo!

Seis vasos

Haz este truco para matar el tiempo cuando estés con tu familia en un restaurante esperando a que llegue la comida o la factura o a que la tía Zelda vuelva del baño.

Pon seis vasos en fila sobre la mesa. Llena los tres vasos de la izquierda de agua y pregunta a tu familia: «¿Alguno de vosotros sería capaz de colocarlos alternando un vaso vacío y otro lleno con un solo movimiento?».

Puede que algún listillo sepa cómo hacerlo (mi amigo Bob lo hizo), pero la mayoría de la gente se quedará muda.

El truco consiste en... otro redoble, por favor... coger el segundo vaso de la izquierda y echar el agua en el segundo vaso de la derecha.

Tres vasos

¿La tía Zelda no ha llegado aún?

Coloca tres vasos en fila sobre la mesa y pon el del medio boca abajo. (Asegúrate antes de que esté vacío para no aguar la fiesta.) Los de los extremos deben estar boca arriba.

Di: «Puedo conseguir que los tres vasos queden boca abajo exactamente con tres movimientos». Luego haz lo siguiente:

1. Da la vuelta a los vasos del medio y de la derecha al mismo tiempo.
2. Da la vuelta a los vasos de la izquierda y de la derecha al mismo tiempo.
3. Da la vuelta a los vasos del medio y de la derecha al mismo tiempo.

Ahora todos los vasos están boca abajo.

Ésta es la parte más malévola: Pon el vaso del medio boca arriba y reta a tu tío Mortimer a poner los tres vasos boca abajo con tres movimientos igual que tú. Intentará hacer lo mismo, pero no lo conseguirá porque los vasos están colocados de distinto modo. Él no se dará cuenta de eso, por supuesto.

Cuartos de servilleta

¿Cuándo va a salir la tía Zelda del baño para que os podáis ir a casa?

Pon un billete sobre la mesa y dale a tu primo Schmendrick una servilleta de papel. Luego di: «¿A que no eres capaz de partir esta servilleta en cuatro trozos iguales con dos cortes? Si lo consigues te daré una cuarta parte».

Como es lógico, Schmendrick partirá la servilleta sin ningún problema en cuatro trozos iguales. Y tú le darás una cuarta parte... de la servilleta, claro, no del valor del billete. ¡Ja, ja!

Recupera rápidamente el billete para que Schmendrick no se lo quede. Te costaría quitárselo, sobre todo si es tu primo mayor.

Cara, gano; cruz, pierdes

¿Quién va a dejar la propina? ¿Por qué no echáis una moneda al aire para decidirlo? Antes de hacerlo di: «Cara, gano; cruz, pierdes». En cualquier caso ganarás tú.

Pon la misma moneda boca arriba debajo de un vaso y cubre el vaso con una servilleta. Apuesta a tu primo Erwin que puedes dar la vuelta a la moneda sin levantar el vaso.

Dile a Erwin que ponga la mano sobre la servilleta para que crea que así va a evitar que pase nada raro. Espera unos segundos antes de decir: «¡He ganado!».

Cuando Erwin levante la servilleta y el vaso para ver si tienes razón coge inmediatamente la moneda y dale la vuelta. Si te discute que hayas ganado dile: «Yo no he tocado el vaso; lo has levantado tú».

Tres patatas fritas

La tía Zelda vuelve por fin del baño. Pídele una moneda de veinte céntimos y ponla sobre la mesa. Coloca tres patatas fritas en triángulo a su alrededor y apuesta diez céntimos a tu tía a que no responderá «tres patatas fritas» a las tres preguntas que vas a hacerle.

Para empezar pregúntale: «Si tengo tres patatas fritas y quito una, ¿cuántas me quedan?».

Ella responderá: «Tres patatas fritas».

Luego pregúntale: «¿Qué hay alrededor de esta moneda?».

Ella dirá: «Tres patatas fritas».

Por último pregúntale: «¿Qué comprarías con esta moneda?».

Si responde «tres patatas fritas» coge la moneda y dale las patatas. Dale también los diez céntimos, porque habrá ganado la apuesta.

Si responde otra cosa recuperará la moneda, pero perderá la apuesta y tendrá que darte los diez céntimos.

Diga lo que diga, conseguirás dinero para poder ir a la universidad.

Cuello abajo

Apuesta a alguien que eres capaz de echarte un vaso de agua por el cuello sin mojarte.

¿Cómo puedes hacerlo? ¡Bebiéndolo!

No juzgues un libro...

Apuesta a tu tío Finklemeister que no puede sostener un libro con el brazo extedido a la altura del hombro durante diez minutos.

Es imposible hacerlo, sobre todo si tienes noventa años y eres artrítico como el tío Finklemeister. Ni siquiera Arnold Schwarzenegger lo puede hacer.

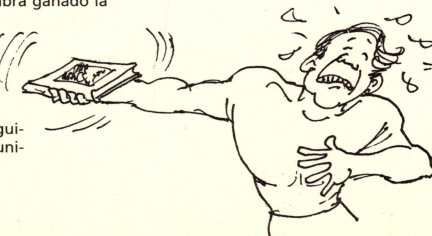

4 - 1 = 5

Dile a un amigo que cuatro menos uno es igual a cinco. Cuando te lo discuta dile que puedes demostrarle que tienes razón.

Busca una hoja de papel normal y unas tijeras. Cuenta las esquinas del papel en voz alta delante de tu amigo. Luego di: «Si quito una esquina verás que cuatro menos uno es igual a cinco».

Recorta una esquina del papel y cuenta las esquinas de nuevo. Ahora el papel tiene cinco esquinas.

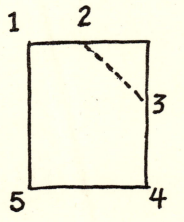

Dibujo complicado

Reta a alguien a hacer el dibujo de la izquierda con un solo trazo, sin pasar sobre las líneas que ya están dibujadas y sin levantar el lápiz del papel.

Cuando tu víctima se dé por vencida muéstrale cómo se hace:

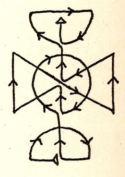

Talonazo

Apuesta a tu abuelo que no es capaz de apoyar los talones contra la pared y coger una moneda que haya en el suelo delante de él. Es imposible, a no ser que haga trampas.

La gorra voladora

Este truco es perfecto para cuando estés en casa con un amigo. Aquí no hay magia fantástica ni apuestas absurdas; es sólo un espejismo.

Ilusión

Cuando alguien sopla hacia ti tu gorra se levanta y vuelve a apoyarse en tu cabeza.

Materiales

Una gorra
Un espejo de pared (de 60 × 60 centímetros como mínimo)

Cómo hacer este truco

1. Ponte la gorra en la cabeza.

2. Sujeta el espejo en posición vertical sobre una mesa. Siéntate a un lado del espejo y pega la nariz al borde.

3. Dile a tu amigo que se siente al otro lado de la mesa de forma que sólo pueda ver la parte delantera del espejo. Pídele que sujete el espejo mientras tú lo sueltas para tener las dos manos libres.

4. Repiquetea los dedos en la parte delantera del espejo con una expresión pensativa. A tu amigo le parecerá que estás reflexionando mientras repiqueteas los dedos de las dos manos unos contra otros.

> «Mmm... ¿sabes qué tendría si tuviese setenta y dos dólares en un bolsillo y noventa y seis dólares en el otro? Los pantalones de otra persona.»

5. Agita el brazo que tienes en la parte delantera del espejo. A tu amigo le parecerá que estás agitando los dos brazos.

> «He venido volando desde Los Ángeles y estoy muy cansado. ¿Podrías soplarme en la cara, por favor?»

6. Mientras tu amigo sopla hacia ti, levanta un poco la gorra con la mano que tienes detrás del espejo. Muévela un poco para que parezca que el soplido la empuja.

«Sopla más fuerte.»

7. Mientras tu amigo sigue soplando levanta la gorra un poco más y muévela con más fuerza. Cuando deje de soplar vuelve a ponerte la gorra en la cabeza. A tu amigo le parecerá que la ha levantado al soplar.

Consejo práctico

Practica este truco con dos espejos. Dile a alguien que coja el primer espejo como se describe en el paso 3 y sujeta el segundo espejo enfrente de él con la parte delantera hacia ti. El segundo espejo te permitirá ver lo que tu amigo debería estar viendo en este truco.

Después de perfeccionar los movimientos que he sugerido intenta incluir algunos de tu cosecha.

CAPÍTULO OCHO
Cómo aprender más trucos

Otros magos

Esto es lo que debes hacer para averiguar cómo se hace un truco que veas realizar a alguien en un escenario o en un bar. (¡Un momento! ¿Qué hace un crío como tú en un bar? Sal de ahí inmediatamente.)

Acércate al mago cuando termine la función y el público se haya ido o ya no esté prestando atención. Los magos nunca revelan sus trucos a los curiosos, así que deja claro que eres un mago serio y no un simple entrometido.

Como eres un niño es posible que el mago no te crea. Si ocurre eso demuéstrale que eres un mago de verdad hablando de cartas clave, barajadas falsas, escamoteos y otras técnicas que sólo conocen los magos.

Con eso le convencerás de que eres el auténtico McCoy.

Después todo debería ir sobre ruedas. A los magos les encanta hablar con otros magos. Cuando se reúnen los médicos hablan de medicina. Los músicos hablan de música. Y los magos hablan de magia. Si te has presentado como un joven artista con cierta experiencia, el mago estará encantado de charlar contigo un rato.

En vez de preguntarle directamente cómo se hace un truco da un ligero rodeo. Vamos a suponer que el mago acaba de realizar un truco con una cuerda. Pregúntale cómo se llama el truco y cómo lo aprendió. ¿Lo encontró en un libro o en una tienda de magia? Si conoces un truco similar compártelo con él. Luego, si tienes suerte, quizá te

131

cuente el secreto. Todo depende de lo reservado que sea. Si quieres aprender un truco que has visto en la tele, obviamente no puedes acercarte al mago después de la función. En ese caso vete a una tienda de magia y describe el truco a un dependiente. Puede que los accesorios y las instrucciones

se vendan en la tienda. O que el dependiente te recomiende un libro en el que se explique el truco. Si no hay tiendas de magia cerca de tu casa llama a una por teléfono. (Pide antes permiso a un adulto.) Casi todas las tiendas de magia venden sus artículos por correo.

Tiendas de magia

Una tienda de magia es una herramienta muy valiosa para cualquier mago. Para sacar el máximo partido a tu tienda de magia local quizá te interese seguir mi ejemplo...

Yo intento establecer una relación con uno de los dependientes y para empezar le digo que tengo dinero para gastar. Curiosear en las tiendas de magia puede ser divertido, y se suele permitir, pero si los dependientes saben que tienes intención de gastar dinero te tratarán mucho mejor.

Luego describo el truco que estoy buscando y lo que necesito. Por ejemplo digo: «Estoy buscando un truco de telepatía que cueste menos de veinte dólares, sea divertido y resulte espectacular. Ya tengo muchos trucos de cartas, así que no me interesa ver más. Y no quiero un truco que tenga que ensayar durante mucho tiempo para poder hacerlo». Si estoy buscando un truco que he visto en la tele pregunto si lo tienen en la tienda y cuánto cuesta.

Si me encuentro con un buen dependiente lo normal es que empiece a enseñarme trucos. (¡Es como un espectáculo de magia gratis!) Compro los que me gustan y luego el dependiente me cuenta los secretos.

A veces en las tiendas de magia pagarás más de veinte dólares por cosas tan simples como un trozo de cuerda con un imán escondido en ella, y puede que te sientas timado. Pero recuerda que no sólo estás pagando por el material, sino también por el secreto. Y los secretos tienen un gran valor.

Clubes de magia

Otra forma estupenda de aprender nuevos trucos es unirse a un club de magia. En casi todas las grandes ciudades hay algún club de magia. Por una pequeña cuota anual puedes unirte a un club local y relacionarte con otros magos que vivan cerca de ti. Esos clubes suelen invitar a magos famosos para dar conferencias, y también organizan subastas de material y exhibiciones de sus miembros. Normalmente los miembros de un club comparten sus secretos.

Ten en cuenta que algunos clubes de magia no admiten niños. Sin embargo, aunque el de tu zona sea de ésos, hay otra alternativa. Los dos clubes de magia más grandes de Estados Unidos, la Society of American Magicians (SAM) y la International Brotherhood of Magicians (IBM), ofrecen condiciones especiales para niños. Puedes entrar en la red (con el permiso de un adulto) y visitar SAM en http://www.magicsam.com o IBM en http://www.magician.org. Quizá encuentres una sucursal de alguno de estos clubes en la ciudad más próxima. Si no es así puedes suscribirte a una de sus revistas, donde encontrarás un montón de consejos útiles.

Naturalmente, siempre puedes crear tu propio club. Eso es lo que hice yo cuando era pequeño. Mi padre y yo creamos un club de magia una tarde lluviosa cuando sólo tenía seis años. Fue muy divertido.

Páginas web de magia

Navegar por Internet es otra forma excelente de ver qué hay por ahí. Pide permiso a un adulto, teclea en cualquier buscador la palabra *magia* y consulta las páginas web que encuentres. Muchas tiendas de magia tienen páginas web, y algunas responden a las preguntas que reciben a través del correo electrónico.

Libros de magia

Por último, puedes aprender a hacer magia a través de libros como éste. En cualquier biblioteca encontrarás un montón de libros de magia (a no ser que hayan desaparecido).

Recuerda que el hecho de que algo esté en un libro no significa que sea bueno. Algunos libros de magia son divertidos, fáciles de entender y contienen unos trucos fabulosos. Otros son una estafa. Utiliza la cabeza para buscar los libros más adecuados para ti.

Al final de esta obra encontrarás una bibliografía, es decir, la lista de los libros que he usado para escribir éste. La mayoría se han dejado de publicar, pero deberías poder encontrarlos en bibliotecas y en Internet.

Capítulo Nueve
Adiós

Espero que te hayas divertido leyendo este libro tanto como yo escribiéndolo. Si he hecho bien mi trabajo ahora sabrás un poco sobre el personaje, el estilo, la teatralidad, la verborrea, los accesorios y el humor; y habrás aprendido un montón de trucos divertidos. Quiero insistir (otra vez esa palabra) en que este libro es simplemente un punto de partida para ti.

Aunque puedes usar mis ideas tal como las he explicado, espero que también a ti se te ocurran algunas ideas propias. De esa manera, cuando actúes la gente no murmurará: «Este mago es muy bueno, pero me recuerda a alguien. Ya sé, a un tal Charney».

Sé que puedes hacerlo. No tengas miedo de pasarte. Experimenta con nuevas ideas aunque te parezcan una locura. Es imposible que sean más locas que las mías.

Trabaja duro. Escribe tus ideas con objeto de que no se te olviden. Y busca el modo de perfeccionar tu arte continuamente.

Cuando la gente aplauda o te felicite da las gracias y sonríe. No es necesario que hagas nada más.

Sé amable con el público; le necesitas. Actúa como si te cayera bien y le respetaras; esto es mucho más fácil de hacer si realmente te cae bien y le respetas.

Relájate y pásatelo bien. Sonríe de verdad. Las sonrisas son contagiosas. Mi espectáculo mejoró mucho cuando empecé a sonreír al público. Además de caerles mejor, estaban más relajados y dispuestos a perdonarme los chistes malos y los errores. Y yo también me divertía más.

Come las verduras. No veas mucho la televisión. Pórtate bien en la escuela. Deja de meterte el dedo en la nariz. Ordena tu habitación. Escucha, mequetrefe, ¿quieres aprender a ser un buen mago? Entonces deja de pegar a tu hermano.

Capítulo Diez
¿Dónde está la gracia?

Este capítulo es de propina. Lo he incluido al final del libro porque además de ser un poco aburrido no tiene demasiada importancia. Y son cosas de mayores, así que si quieres puedes saltártelo. Si decides seguir leyendo puede que aprendas algo... o no. En realidad da lo mismo.

Todos sabemos qué es divertido. La mayoría de nosotros no tenemos que pensar por qué algunas cosas son divertidas. Pero yo estoy obsesionado con el humor. Tengo que hablar de él. No puedo evitarlo.

¿Qué hace que algo sea gracioso? (Esto me recuerda a un chiste: ¿Por qué no se comió el caníbal al payaso? Porque no le hacía gracia.) Me gustaría dedicar una página o dos (o tres, o cuatro, o cinco... déjalo ya, Charney) a diseccionar (analizar pormenorizadamente) eso que se llama humor. (No te preocupes; será mucho mucho más limpio que diseccionar ranas. ¿Lo has hecho alguna vez en la escuela? ¿Se siguen diseccionando ranas en séptimo? Voy a vomitar sólo de pensarlo...)

Hay un montón de libros sobre el tema. Éstas son las conclusiones a las que he llegado por todo lo que he leído y por mi propia experiencia. Haz con ellas lo que quieras.

Cómo funciona el humor

Al cerebro humano le gustan las pautas. A medida que crecemos nos damos cuenta de que cuando empezamos en A solemos acabar en B. Con el tiempo, cada vez que empezamos en A esperamos acabar en B. El humor se produce cuando de forma inesperada acabamos en C.

Vamos a imaginar que alguien te dice: «Tienes un pelo precioso...». Ése es el punto A. De ahí tu cerebro te lleva directamente al punto B, y supones que esa persona te está haciendo un cumplido porque le caes bien. Pero entonces añade: «... asomando por la nariz». ¡Menuda sorpresa!

Es la sorpresa lo que te hace reír. De repente ves las cosas de un modo diferente a como las veías hace unos segundos. Si hubieras estado hablando antes de narices o conocieras ya el chiste no te haría gracia.

La sorpresa crea una idea nueva en tu mente. Ya sabías que el pelo crece en otros sitios además de en la cabeza, pero no has pensado en ello hasta que te lo han dicho a ti.

La idea nueva es ridícula, pero no tanto como para no «pillarla». La idea del pelo que asoma por la nariz es absurda porque es muy probable que tú no tengas pelo en la nariz, pero no es ridícula del todo porque es posible que alguien sí lo tenga. Si esa persona hubiese dicho «tienes un pelo precioso... saliendo de la tostadora», no te habrías reído porque el comentario no tendría sentido.

Finalmente, puedes reírte del chiste del pelo en la nariz porque para ti no es una ofensa. Después de todo no tienes ese problema. Pero vamos a suponer que tienes pelo en las orejas. Si el chiste hubiese sido de pelo que sale de las orejas habrías pensado que el bromista es un desagradable (o simplemente un idiota) y estarías demasiado nervioso o enfadado para reírte.

A veces es difícil saber qué puede ofender a alguien. Además, lo que ofende a una persona puede parecerle bien a otra. Sin embargo, ten en cuenta que los chistes verdes y los chistes sobre diferentes culturas suelen ofender a la gente. Es mejor evitar ese tipo de humor.

Glosario

accesorio: Cualquier objeto que ayude a un mago a hacer un truco de magia.

aguafiestas: Persona que molesta a un mago mientras está actuando.

anillos chinos: Sólidos anillos metálicos que se enlazan y se desenlazan sin ningún esfuerzo por arte de magia. Pueden ser de cualquier tamaño. Los trucos con anillos chinos tienen tres mil años de antigüedad.

anillos japoneses: Intento frustrado de hacer un chiste. Que yo sepa, los anillos japoneses no existen, excepto en las joyerías de Tokio.

artilugio: Chisme que se usa para engañar a la gente.

baraja recortada: Baraja de cartas con un lado cortado en ángulo. Cuando un mago saca una carta, le da la vuelta y la pone de nuevo en la baraja, no queda alineada con el resto de las cartas y es fácil de localizar.

barajada falsa: Técnica con la que un mago simula mezclar una baraja para que las cartas queden desordenadas. En realidad el mago controla una o más cartas al mezclarlas.

barajar: Mezclar una baraja de cartas para que queden desordenadas.

bolas y cubiletes: Accesorios que se utilizan en uno de los trucos de magia más antiguos que existen. A simple vista las bolas aparecen, desaparecen y pasan a través de los cubiletes.

bon appétit: (francés) Buen apetito.

Burton, Lance: (1960) Famoso mago conocido por realizar trucos de magia tradicionales y por su estilo correcto y elegante.

cafre: Persona estúpida o desagradable.

caída francesa: Técnica con la que un mago sujeta una moneda con el pulgar y el índice de la mano derecha y simula que la coge con la mano izquierda mientras la deja caer disimuladamente en la palma derecha.

capisce?: (italiano) ¿Entiendes?

carta clave: Carta que un mago memoriza y manipula para que acabe sobre la carta elegida por un voluntario. Una carta clave le indica al mago cuál es la carta elegida.

cómplice: Ayudante de un mago que participa en el truco.

Copperfield, David: (1956) Su verdadero nombre es David Kotkin. Famoso mago que ha realizado trucos espectaculares, como hacer que la Estatua de la Libertad desaparezca y reaparezca flotando en el Gran Cañón. David Copperfield es conocido por su estilo suave, ingenioso y seductor.

cortar: Dividir una baraja de cartas por la mitad y poner la mitad inferior sobre la otra mitad.

dedo falso: Funda de plástico de color carne que se pone un mago en la punta del pulgar para esconder objetos pequeños.

desviar: Distraer a la gente de objetos o acciones que no quieres que vean.

elección mágica: Truco en el que un mago fuerza a un voluntario a elegir un objeto determinado mientras él cree que tiene libertad para elegir.

escamotear: Esconder un objeto en la palma de la mano.

estilo: Cómo se comporta el personaje de un mago.

extender: Poner una baraja de cartas sobre una mesa y deslizar la parte de arriba hacia la derecha para formar una hilera de cartas superpuestas.

floritura: Movimiento dramático.

forzar: (referido a trucos de cartas) Hacer que un voluntario elija una carta determinada mientras él cree que tiene libertad para elegir.

gracia: Final sorprendente y divertido de un chiste.

gurú: Maestro religioso hindú.

Houdini, Harry: (1874-1926) Su verdadero nombre es Erik Weisz. Famoso mago conocido por sus atrevidas escapatorias y por desenmascarar a estafadores que habían estado engañando al público durante años.

ilusión: Imagen falsa.

ingenuo: Fácil de engañar. (¿Sabías que esta palabra no está en el diccionario? Si te lo has creído eres un ingenuo.)

juego de manos: Movimiento realizado en un truco de magia con tanta rapidez y habilidad que el público no puede ver nada.

masilla adhesiva: Material elástico que se utiliza para pegar cosas. La masilla adhesiva se puede quitar sin estropear ninguna superficie.

mimo: Actor que cuenta una historia sin palabras usando movimientos corporales y expresiones faciales.

pasar: Intercambiar disimuladamente las mitades inferior y superior de una baraja de cartas.

peinar: Levantar un borde de una baraja de cartas y soltar las cartas rápidamente una a una.

Penn y Teller: Penn Jillette (1955) y Raymond Teller (1948-), famosa pareja de magos cómicos. Penn y Teller son conocidos por burlarse de la magia tradicional.

personaje: La única persona que un mago pretende ser mientras actúa.

presencia escénica: Capacidad para parecer y sentirse cómodo en un escenario.

pupik: (yiddish) Ombligo.

rastafari: Miembro de un grupo religioso que surgió en Jamaica. Muchos rastafaris llevan el pelo trenzado en «rastas».

teatralidad: Cualquier cosa que hace un mago para mantener la atención y el interés del público.

tienda de disfraces: Tienda en la que se venden disfraces, artículos de broma y cosas originales.

trance: Estado en el que alguien no es del todo consciente de lo que le rodea.

ventriloquia: Arte de modificar la voz para que parezca que viene de otro sitio, por ejemplo de una marioneta. Muchos magos son ventrílocuos.

verborrea: Cualquier cosa que dice un mago durante un truco mágico para que resulte más interesante al público.

Bibliografía

Allen, Harry, *Sleight of Foot in Mouth*, Daytona Beach, Fla.: n.p., 1985.

—, *Sleight of Lips*, Daytona Beach, Fla.: n.p., 1986.

—, *Sleight of Tongue*, Daytona Beach, Fla.: n.p., 1982.

—, *Sleight of Tongue in Cheek*, Daytona Beach, Fla.: n.p., 1984.

Dunninger, Joseph, *Dunninger's Complete Encyclopedia of Magic*, Secaucus, N.J.: Lyle Stuart, 1967.

Even More Remarkable Names, edición a cargo de John Train, Nueva York: Clarkson N. Potter, 1979.

The Friars Club Encyclopedia of Jokes, edición a cargo de H. Aaron Cohl, Nueva York: Black Dog and Leventhal Publishers, 1997.

Ginn, David, *Laughter Legacy*, Liburn, Ga.: Scarlett Green Publications, 1998.

Glover, Russ, *Dr. Chang Presents Kneeslappers and Gaggers*, Silver Spring, Md.: Russel J. Glover, 1993.

Hay, Henry, *The Amateur Magicians's Handbook*, Nueva York: Signet, 1950.

Hugard, Jean, y Braué, Frederick, *The Royal Road to Card Magic*, Cleveland y Nueva York: World Publishing Company, 1951.

Kaye, Marvin, *The Stein and Day Handbook of Magic*, Nueva York: Stein and Day, 1973.

Linkletter, Art, *Kids Say the Darndest Things*, Englewood Cliffs, N.J.: Prentice-Hall, 1957.

Lorayne, Harry, *The Magic Book*, Nueva York: Putnam, 1977.

Mullholland, John, *Mullholland's Book of Magic*, Nueva York: Charles Scribner's Sons, 1963.

Okal, Bill, *Card Magic*, Nueva York: Parangon-Reiss, 1982.

Remarkable Names of Real People, edición a cargo de John Train, Nueva York: Clarkson N. Potter, 1977.

Rigney, Francis J., *A Beginner's Book of Magic*, Old Greenwich, Conn.: Devin-Adair, 1964.

Schindler, George, *Magic with Everyday Objects*, Nueva York: Stein and Day, 1976.

Thurston, Howard, *400 Tricks You Can Do*, Garden City, N.Y.: Garden City Books, 1948.

World's Best Clown Gags, edición a cargo de Clettus Musson, Flosso-Hornmann Magic, s.f.

Youngman, Henny, *Henny Youngman's Bar Bets, Bar Jokes, Bar Tricks*, Nueva York: Carol Publishing Group, 1974.

CHISTES PARA IDIOTAS

CÓMO DIVERTIR A TUS AMIGOS HASTA QUE SE PONGAN MORADOS

MÁS CHISTES TONTOS

CÓMO HACER REÍR A TUS PADRES

JUEGOS PARA APRENDER
*Actividades lúdicas e imaginativas para entretener
a tu hijo y reforzar su autoestima*
DOROTHY EINON

176 páginas
Formato: 16,5 x 24,5 cm
Libros ilustrados

JUEGOS Y ACTIVIDADES PARA HACER EN CASA
LINDA HETZER

240 páginas
Formato: 24,5 x 19,5 cm
Libros singulares

VAMOS A JUGAR
*Divertidos juegos y actividades para estimular
el desarrollo de tu hijo*
FRED ROGERS

132 páginas
Formato: 19,5 x 24,5 cm
Libros singulares

EL GRAN LIBRO DE LAS FIESTAS INFANTILES
*Cientos de divertidas propuestas con fichas combinables
para que los pequeños se lo pasen en grande*
GILL DICKINSON Y JULIA GOODWIN

160 páginas
Formato: 16 x 28,5 cm
Libros ilustrados

CRECER
JUGANDO

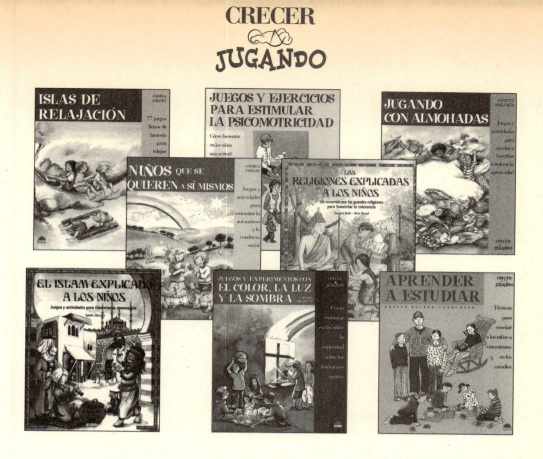

Títulos publicados: